長編小説

ふしだら年下女上司

霧原一輝

竹書房文庫

目次

※この作品は竹書房文庫のために
書き下ろされたものです。

第一章　美乳ＯＬとの一夜

1

都内にあるSデパートの販売部企画課の一室――。

部屋に戻った皆川《みながわ》宏一朗《こういちろう》は、その場の異様な雰囲気に気づいて、凍りついた。

企画課の男女合わせて七人の社員が、いっせいに席を立って、部屋を出ていこうとしている。入口に立っている宏一朗には何も言わずに、無表情な顔で次から次と廊下へ出ていく。

そして、中央のデスクの前に立つ今宮《いまみや》課長が、部下の後ろ姿を呆然と眺めているのだ。

「……課長、何ですか、これは？」

宏一朗が近づいていくと、

「……」

今宮仁美《ひとみ》は無言のまま、椅子に腰を落とし、頭を抱え込んだ。

「どうしました？　黙っていてはわかりません。彼らはどうして出ていったんでしょうか？　課長、今宮課長！　大丈夫ですか？」

スーツの肩に手を置いて揺さぶる。

しばらくして顔をあげた仁美の目にはうっすらと涙が光っていた。

いつもの穏やかな、ととのった美貌が今にも崩れそうだ。それを必死にこらえている。だが、涙が滲《にじ》んでしまう。

今宮仁美は今期の人事異動で課長に抜擢されたばかりの三十二歳。まだ就任して半年も経っていない、新米課長である。

いささか真面目すぎて、融通が利かないところはあるが、新米課長としてはよくやっている。それに、宏一朗がかわいがってきた社員でもある。

「何があったのか、教えてください」

再度せっつくと、仁美が言った。

「わたしがいけないんです。みんな、今度の京都工芸品フェアを成功させようと、一生懸命やってくれていました。でも、樺沢《からさわ》さんが大きなミスをして、日下部登一《くさかべとういち》様を怒らせてしまって……だからわたし、ついつい彼女を頭ごなしに怒鳴りつけてしまって」

仁美がぎゅっと唇を嚙《か》んだ。

今、企画課は今秋、うちの催事場で行われる京都工芸品フェアの実現のために動いている。

現在、デパートは斜陽産業のひとつである。

かつて、デパートは社員バイヤーによる買い付けで、フロア作りをしていた。

だが、その限界が露呈し、現在はデパートに入っているそれぞれのテナントが独自で戦略を生み出して、戦っている。そのほうが効率もいいし、購買層の多様化を図れるのだ。

現在のデパートは、そのほとんどの収入をテナントからの賃貸料でまかなっている。

したがって、今、企画課が活躍できるのは、フロア内にある催事場くらいのもので、企画課課長としてはその企画力と実行力が問われていた。

仁美が課長になって二度目のフェアだった。

一度目は、化粧品会社と提携したコスメ・フェアだったが、これはすでに前任者が軌道に乗せている鉄板企画であり、仁美の細やかな気配りもあって成功裏に終わった。が、この京都工芸品フェアは仁美が独自に考えたもので、この成否が彼女の評価を決定すると言っても過言ではなかった。

だから、仁美がいっそう真剣になっているのは、理解できていた。

しかし、日下部を怒らせたのは非常にマズい。

「日下部登一と言えば、京都工芸組合の理事長でしょ？　彼をミスで怒らせた樺沢さんが悪い。課長が怒鳴りつけたのはやむを得ないですよ」

宏一朗は言う。

「今回だけじゃないんです」

「えっ……？」

「このプロジェクトに入って、もう二度、部下を怒鳴ってしまって……」

仁美がうつむいた。

(知らなかった……俺が知らないところで、そんなことがあったのか……)

的確なアドバイスを送るためにも、少し冷静になって考えたい。宏一朗は自分のデスクの前の椅子に座って、腕を組む。

宏一朗がこれだけ今宮課長に対して真剣になるのには理由があった。

皆川宏一朗は半年前まで、部長をしていた。

営業部長として、それなりのことはしてきたという自負はある。

だが、大企業がそうであるようにこのＳデパートにも役職定年制がある。五十五歳になった段階で、部長、課長などは役職を返上して、その立場からリタイアする。若い層にチャンスを与え、賃金を抑えるための制度である。

とくに、現在のデパートは不況打開のために購買層の多様化、とくに若返りを目指しており、うちのデパートがこの制度を採用したことには、宏一朗も納得している。収入はこれまでの三割減になるが、妻とは三年前に協議離婚していて、息子もすでに就職して自立しており、多くの支出があるわけではないことが救いだった。

肩書きの取れた宏一朗は前例にならって、『シニアアドバイザー』になった。宏一朗の場合は新しく課長になった者に、これまでのキャリアを活かして、アドバイスを送り、助ける。もちろん、自分でもそれなりの仕事はする。残念ながらこれは賃金に反映する役職ではない。

そして、新しく課長に昇進した社員が今宮仁美だった。

宏一朗の部下であった頃は、厳しく仁美を指導した。だが、それは彼女を育てたかったからで、他意はまったくない。それに、仁美も食らいついてきた。

部下と上司として悪くない関係だった。

しかし、役職定年の制度によって、立場が逆転し、今では役職的には、仁美が上になった。

この半年、宏一朗はなるべく仁美を自由にやらせてきた。

だが、見るに見かねたときは、アドバイスをした。しかし、仁美はあまりいい顔をしなかった。言葉には出さなかったが、

『私流でやりますから、余計な口は出さないでください』

と、彼女は考えているのだろう。

Sデパートは課長職の四割が女性で、他の会社と較べて、女性の管理職の割合いはかなり多い。

たとえば、今回、宏一朗が退いた部長の後釜《あとがま》にも、山村玲奈《やまむられいな》という三十九歳の気の強い女性が抜擢された。

デパートの客が女性中心であることを考えると、ある意味これは当然の策だった。

したがって、女性が課長になったからといって、それを糾弾《きゅうだん》する者もいないし、仁美は実力があるのだから、もっと肩の力を抜いて、愉《たの》しみながら仕事をすればいい。

しかし、本人は周りに自分の力を認めさせようという気持ちが強すぎるためか、傍《はた》か

ら見ていても危なっかしいところがあった。

その焦りのようなものを部下たちも感じ、今回の叱責が彼らに、この上司にはついていけないという気持ちを起こさせたのだろう。

（困ったな……）

宏一朗は物事を考えているときの癖で、腕を組み、右手で顎の髭《ひげ》の剃《そ》り跡をなぞる。

ちらりと課長のデスクのほうを見ると、仁美はうつむいて両手に額を擦りつけるようにして、懊悩《おうのう》している。垂れ落ちたウエーブヘアがととのった顔を半ば隠して、ある意味、セクシーだった。

いや、ここはそんなことを感じている場合ではない。

（まずは傷口が深くならないうちに、手を打っておくか……）

宏一朗は仁美を見て、言った。

「俺が彼らを連れ戻しますから、課長はとにかく謝ってください。それで、部下のミスは上司がカバーします。わたしが責任を持って、日下部登一と交渉をしますから、みなさんはこれまで通りにするべきことをしてください、と伝えてください」

「……でも、みんなもうわたしのことなんか……」

「大丈夫です。彼らも課長の一生懸命さは充分に理解しています。生真面目で、仕事では完璧主義者であることも……今回はそれが裏目に出ただけですから、どうにかなります。それより、このままでは傷口が開いてしまう。呼んできますから、絶対に謝ってくださいよ」

宏一朗は席を立ち、彼らがいるだろうラウンジに向かった。

2

三日後、宏一朗はデパート勤務が終わってから、本田芽郁《ほんだめい》をデパートから離れたところにある居酒屋に誘った。

芽郁は企画課に所属する社員で、今宮課長の部下でもある。

現在二十五歳だが、入社したときから、その明るさを評価した宏一朗が何かと彼女の面倒を見てやった。その甲斐あって、芽郁は宏一朗には忠誠を誓っている。

会社の関係者がいないことを確認して、二人は個室に案内してもらう。

ここは隣室とは壁で区切られていて、あまり人の声が聞こえない。このために、宏一朗はあらかじめ予約しておいたのだ。

宏一朗は座椅子に座り、掘炬燵《ほりごたつ》式の内部に足を入れた。まずは、生ビールと冷や奴《やっこ》と枝豆を注文する。定番だが、この二つは栄養的にも大変良いし、芽郁の好物でもあった。今の若い子は栄養学に詳しく、美容によろしくないものは受け付けないが、豆関係はセーフである。

すぐに生ビールの中ジョッキが来て、二人は乾杯をする。

ごくっ、ごくっと軽快な喉音を立てて、ビールを呑む芽郁は、いつ見ても潑剌《はつらつ》として、元気がいい。

セミショートのナチュラルヘアが似合うアイドル並のビジュアルで、目が大きい。

そして、何よりも胸がデカい。

今も、白いブラウスを丸々とした隆起が持ちあげていて、おそらくピンクだろうブラジャーの色が透けて見える。

芽郁は一気に三分の一ほど呑むと、ジョッキを座卓に置き、

「プハー、美味《うま》い！」

指で唇についた泡を拭《ぬぐ》った。いつの頃からか、芽郁は二人のときはタメ口でしゃべるようになった。それだけ、お互い気を許しているということだ。

「相変わらずの呑みっぷりだな。いいぞ。それでこそ、俺が目をかけた秘蔵っ子だ」

宏一朗が言うと、

「ふふっ……何で呼ばれたか、だいたいわかってる。だから、ヨイショはいいよ」

芽郁が答える。さすがに、頭の回転が早い。

「もう、こっちの魂胆は見え見えってことかい？」

「たぶん……課長のことでしょ？」

「ああ……さすがだな」

「どうしてほしいの？　もしかして、わたしに課長とみんなの仲を取り持ってほしいとか？」

勘がいい子だとは思っていたが、ここまでとは……。しかし、このほうが話は早い。

「じつは、その通りなんだ。芽郁は人望があって、みんなへの影響力が強いからね」

あれから、宏一朗が課内の社員を呼んできて、彼らの前で、仁美は謝罪して深々と頭をさげた。

それでいったんはおさまったかに見えた。しかし、甘かった。

思っていたより、課員たちの今宮仁美への不信感は強く、いまだに不満がくすぶっているようだ。みんながそれを表に出さなくなったがために、逆に鬱屈した反抗心が渦巻いているようで、今、企画課は極めて不穏な空気に包まれている。

シニアアドバイザーとして、宏一朗が考えたのは、本田芽郁に雰囲気を変えてもらうことだった。

芽郁はムードメーカーであり、なおかつリーダーシップもあるから、彼女が仁美への協力の姿勢を見せれば、雰囲気も変わるような気がする。

「……そんなことだろうと思ってた」

芽郁は枝豆を口に持っていき、莢《さや》から豆を押し出して、口に入れた。もぐもぐと咀嚼《そしやく》して、ごっくんして言った。

「わたしは、皆川さんに恩を感じているし……何だってするつもり。でも、最近の今宮課長って、皆川さんにも冷たいし、アドバイスを聞こうとしないし……何か、全然好きになれない。そりゃあ、シニアアドバイザーだし、課長を助けようとするのはわかるよ。でも、自分のアドバイスを聞こうとしない相手に救いの手を差し伸べるって、人がよすぎない？」

芽郁が自分の意見を堂々と述べた。このへんが、人望がある由縁だろう。

「いや、最近は俺のアドバイスを聞いてくれるようになったしね……もともと、真面目すぎるほどに真面目で、完璧主義者なんだよ。それは芽郁だって知ってるだろ？」

「まあ、それはわかってる」

芽郁がぐびっと残りのビールを空けたので、宏一朗は従業員に同じものを注文する。

「きみも知ってのとおり、今宮課長は二年前に夫を事故で亡くしているんだ。それ以来、仕事に没頭して、ダンナのことを忘れようとしている。それに、彼女もきみと同じように、俺が仕事を教えた。そんな一生懸命な社員が挫折していくのを黙って見ているわけにはいかないんだ」

力説した。

「もしかして、課長が好きなの？　つまり、女として見ているかってことだけど」

芽郁が眉をひそめる。

「いや、違うよ。そうじゃない。そこは信じてくれ」

宏一朗は慌てず騒がずに、否定した。

実際は指摘を受けて、ドキッとしていた。思い当たる節があるからだ。しかし、それを少しでも見せたら、芽郁が乗ってこないという確信はあった。

目を逸らすことなく、じっと返事を待っていると、芽郁が折れた。

「……わかったわ。しょうがないな……上手くやってあげる。でも、条件かあるんだけど」

宏一朗を見る芽郁の大きな目がきらりと光った。

「条件？」

「……今夜だけでいいから、わたしの恋人になって」

「俺が、芽郁の？」

「そうよ」

思いもしなかった条件に、宏一朗は大いに戸惑った。

「いいじゃん。だって皆川さん、今、恋人いないでしょ？　わたしも三ヶ月前に元カレと別れて、今はひとりなの。お互い浮気じゃないし、誰かを裏切るってわけでもないしさ」

「それはそうだけど……それはあくまでも外的な条件であって、本人同士の気持ちがだな……」

「わたし、前から皆川さんのこと、好きよ。前から、一度抱かれたかったんだ。それでわたしのほうはクリアーでしょ？　皆川さんはわたしのこと嫌いじゃないよね？」

芽郁の険しい目には、宏一朗にノーとは言わせない厳しさが宿っていた。

「ああ、もちろん……」

「だったら、いいじゃん」

次の瞬間、股間に何かを感じて、掘炬燵式の座卓のなかを見ると、ズボンの股間に肌色のストッキングに包まれた芽郁の足が触れていた。

「おい……？」

宏一朗が廊下との仕切りの襖《ふすま》のほうを見ると、

「平気だって……店員さんは呼ばなければ来ないもの」

芽郁が微笑む。小さな足で股間をなぞられると、不覚にも分身が力を漲《みなぎ》らせてしまう。

「ほら、大きくなってきてる。皆川さんだって、満更じゃないみたいだし……」

ストッキングに包まれた爪先が開いて、勃起した肉柱をズボン越しに挟みつけるよ
うにして、上下になぞってくる。

「ああ、よせ……よしなさい」

「じゃあ、今夜、わたしの恋人になってくれるよね？」

「わかった。なるよ。だから、勘弁してくれ……他人に見つかるよ」

「じゃあ、もう少し食べてから、ホテルに行こうよ。今のうちに、ホテル取っておい
たほうがいいんじゃない？」

芽郁がにんまりとほくそ笑む。

「わかった。そうするよ」

完全にペースを握られているな、と思いつつも、宏一朗はスマホで常宿にしている

ホテルに連絡を入れて、部屋を取った。その間に、芽郁はメニューを見ながら、美味《おい》しそうなものをセレクトしている。

「部屋、取れたぞ」

宏一朗は結果を報告する。

「よかった。じゃあ、わたしの好きなものを頼んでいい？」

「ああ、いいよ」

「じゃあ、店員さん呼ぶわね」

芽郁が呼び出し用のボタンを押して、にっこりとし、また、いたぶるように股間を爪先でいじりはじめた。

3

一時間半後、高層ホテルの三十五階の客室――。

先にシャワーを浴びた宏一朗が、薄いバスローブをはおって、窓からの都心の夜景を眺めていると、バスルームから芽郁が出てきた。

白いバスローブをはおって、腰紐を締めているものの、オッパイが大きすぎて胸元から半ばはみ出してしまっている。

　やや小柄だが、手足はほっそりして長く、胸だけが不自然にデカく、それが男の劣情をかきたてる。

　芽郁は近づいてくると、宏一朗の前にまわり、ぎゅっと抱きついてくる。背伸びするようにしてしがみつき、キスをせがんでくる。

　宏一朗としても、これはうれしい。ただ、会社の同じ課に属する男女が肉体関係を持つのがマズいこともわかっている。

　しかし、ここは芽郁の望みを叶《かな》えないと、今宮課長を助けるというシニアアドバイザーとしての役目を果たせないのだから、しょうがない。

(これは任務なのだから、いいんだ)

　そう欲望を正当化して、おずおずと背中と尻に手をまわし、引き寄せながら、唇を合わせた。

　ふっくらとしているが、表面はなめらかで、ぷるるんとしている。

(若い女性の唇はこんなにフレッシュで、ぷるぷるなんだな)

　感激しつつ、かるく唇を合わせているうちにも、芽郁は積極的に舌をつかいはじめた。

宏一朗にしがみつくようにして背伸びしながらも、唇をついばみ、舌を差し込んでくる。

その動きがあまりにも自然なせいか、ディープキスをディープキスと感じさせない。こんなことはごく日常茶飯事に行われていることで、挨拶代わりなのよ――。そう暗に訴えているようにも見える。

キスしながら見ると、大きな窓ガラスに二人の姿が映り込んでいた。外は暗く、室内は明るいから起きる現象で、鏡のようになった窓に必死に背伸びして、唇を合わせている芽郁の後ろ姿が映っている。

レースのカーテンも開けてあるから、きっと外からは丸見えだろう。

しかし、ここは三十五階であり、周囲の高層ビルは離れているから、高性能の双眼鏡でもないと覗けないはずだ。

そんなことを考えている間にも、芽郁の手がおりていって、宏一朗の分身をバスローブ越しに撫でてきた。情感たっぷりに股間をさすりあげられ、濃厚なキスをされるうちに、そこがぐんと頭を擡《もた》げてきた。

すると、芽郁はいったんキスをやめて、

「ふふっ、大きくなってきた。五十五歳でも、こんなに元気なんだ。よかったわ」

宏一朗をうれしそうに見あげてくる。

「ああ、よかったよ。勃《た》って……もう何年もセックスしていないから、ちょっと心配だったんだ」

「そうなの？　じゃあ、ひょっとして、奥様と別れてから、女性を抱いていなかったりして？」

「そうなるな」

「じゃあ、皆川さんの浮気が原因で離婚したんじゃないんだ？」

芽郁が屹立《きつりつ》を上からなぞりながら、大きな目を向けてくる。

「ああ……息子が就職して、自立したからね。その前から、夫婦仲は上手くいってなかったから。お互いに潮時だろって、ちゃんと協議離婚したんだ」

「へえ……そうなんだ」

芽郁の手がバスローブの前を割って、入り込んできた。肉柱をおずおずと握って、

「ふふっ、カチンカチン……」

身体を密着させて、徐々に激しく大きく勃起を握りしごいてくる。順手で握ったり、逆手で握ったりして、巧妙にあやしてくる。

（達者だな……）

今の若い女の子がこのくらいできることに驚きはない。

頭が良くて、運動神経のいい子はセックスも上手いと聞いている。芽郁もきっとそのうちのひとりなのだろう。

もっと触ってほしくなった。力を漲らせつつあるものを口でしゃぶってほしくなった。その前に、せっかくのこの状況を活かしたくなった。

「ちょっと待って。バスローブを脱いでみようか」

せかすと、芽郁は腰紐を解《ほど》いて、白いバスローブを脱いだ。

白いタオル地が床に落ちて、健康美に輝く背中とヒップがガラスに映った。

その白いたおやかな後ろ姿に見とれていると、芽郁が窓のほうを向いた。

この細身の身体に、こんな立派なオッパイがついていること自体が奇跡に等しい。

「鏡のように映っているな」

「何か、恥ずかしいわ。外から見えちゃわないかしら？」

「見えるかもな」

「ダメ。カーテン引く」

「平気だよ。三十五階だぞ。近くに高いビルはないんだ。見えないよ」

宏一朗は安心させて、後ろから胸に手をまわし込んで、左右のふくらみを手のひら

で覆った。ゆっくりとつかむと、たわわで柔らかな肉層が指に吸いついてきて、

「あっ……！」

芽郁がかわいらしい声をあげて、宏一朗の手に手を重ねてくる。

宏一朗は柔らかくしなる巨乳を揉みあげ、頂上の突起に触れた。

こういうのを透きとおるようなピンクの乳首と言うのだろう。

指腹でかるく捏《こ》ねただけで、それとわかるほどに乳首が硬くしこってきて、

「あん……うん……ダメ」

芽郁がくなっと尻をよじった。

後ろに突き出されたヒップがイチモツを擦って、ぐんと快感が高まる。

イチモツがぷりぷりしたもので刺激されるのを感じながら、大胆に乳房を揉みしだく。すると、その姿が鏡と化したガラスに映り込んで、宏一朗をますますかきたてる。

芽郁が前のガラスに両手を突いて、ぐいと尻を突き出してきた。

こうしてほしいのだろうと、宏一朗は後ろにしゃがんだ。

「あん、いやん……見ないでよ」

芽郁が尻の底を手で隠す。しかし、それが本心でないことはわかる。

宏一朗は両手で尻たぶをひろげるようにして、そっと顔を寄せた。

甘酸っぱい性臭が仄《ほの》かにするそこを、ぬるっと舐《な》めあげると、

「あんっ……！　いきなり……ほんと、エッチなオジサマなんだから」

芽郁が後ろを振り返って、かわいくにらみつけてくる。

「そうだよ。俺はスケベなオジサンだ」

「あらっ、居直っちゃった」

「事実だから、しょうがない。芽郁はスケベなオジサンは嫌いか？」

「ううん、嫌いじゃない。むしろ、好きかな。わたしもエッチになれるから」

「だったら、いいじゃないか……」

宏一朗はつづけざまに、肉の割れ目を舌でなぞる。

ぷっくりとした左右の肉びらがどんどん開いていって、狭間《はざま》がいっそう潤んできた。

そして、ひと舐めするごとに、

「ぁあああ……ぁあああうぅぅ」

芽郁はもどかしそうに腰を揺する。

「気持ちいいかい？」

「うん、気持ちいい、すごく……すごいね。皆川さん、何年かぶりだっていうのに、全然下手じゃないよ」

「そうか？　だとしたら、俺は先天的にセックスが上手いんだろうな」

「もう……褒めると、すぐに調子に乗るんだから」

「ゴメン、ゴメン……」

宏一朗は目の前に開示された女の園をたっぷりと舐めしゃぶり、ついでに、上方のアヌスにも舌を伸ばす。

部屋の照明に浮かびあがった小菊のような窄《すぼ》まりに舌をちろちろとさせると、ここも感じるのか、

「あっ、ダメだって……そこはダメだって……ぁああん、ぁああうぅ……いや、いや……」

艶《なま》めかしく言って、芽郁はがくっ、がくっと膝を落としかける。

いったん小休止を入れた。すると、この機会を狙っていたとでも言うように、芽郁が振り向いて、宏一朗のバスローブを脱がせた。

窓に背中をもたせかけた宏一朗の前にしゃがんで、密林からそそりたっているイチモツを見て、

「すごいじゃん、この角度……とても五十五歳だとは思えない」

根元を握って、見あげてくる。

「そうか？　きっと、相手が芽郁だからだよ」

「ふふっ、芽郁のこと好き？」

「好きだよ、もちろん」

「よかった。わたし、カレシに振られたの。しつこくて、重いからって……だから、正直言って自分に自信を失っていたんだ。そう言ってもらえると、すごくうれしい。自信が湧いてくる……ふふっ、きみも立派よ。元気一杯だし……すごいわ。先っぽが茜色《あかね》にテカついてる。かわいがってあげるからね」

チンチンを擬人化させて語りかけ、芽郁が顔を寄せてきた。

唇を尖《とが》らせて、ちゅっ、ちゅっとキスをする。それから、顔を傾けて、下から裏筋をツーッと舐めあげてきた。

「あっ、くっ……！」

ぞわっとした戦慄が走り、宏一朗は思わず唸る。

「ふふっ、今、おチンチンがびくんって……」

芽郁がうれしそうに見あげてくる。

確かに、分身が躍りあがった。こんなことはいつ以来だろう？　思い出せないほどだ。

（そうか……俺は自分で思っていた以上に、芽郁とセックスしたかったんだろうな）

課長、部長と昇進するにつれてつねに性欲を抑えてきたから、自分でも自分の欲望がよくわからなくなっていた。

自分に正直なものは、どうやら自分のおチンチンらしい。考えたら、こいつはいつも欲望に正直だった。

芽郁はツーッ、ツーッと何度も裏筋を舌でなぞりあげ、そのたびに頭を振るイチモツを愉しそうに見つめている。

「ここはどうかしら？」

屹立を出っ張った腹に押しつけて、裏筋の発着点で包皮小帯と呼ばれる個所にちろちろっと舌を横揺れさせる。

「おっ、あっ……くうぅぅ……気持ち良すぎる！」

ごく自然に声が出ていた。

と、それがうれしいのか、芽郁は満面に笑みを浮かべて、宏一朗を見あげてきた。

それから、また舌先で包皮小帯を細かく叩くように刺激してくる。

「あああ、感じすぎる……許してくれぇ」

だらしなく訴えていた。しかし、芽郁は委細かまわず強く、早く発着点に舌を走らせる。

その間も、睾丸《こうがん》袋がやわやわと揉みしだかれていて、時々、触れるかどうかのフェザータッチで皺《しわ》袋をあやされると、これもまた気持ちいいのだ。

次の瞬間、屹立が温かくて湿ったものに覆われる。芽郁がいきりたちを途中まで頬張ってきたのだ。

「ぉおおおっ……！」

天井を見あげて、もたらされる快感を味わっていた。

柔らかな唇がゆっくりと動きはじめた。勃起しきった表面をなめらかな唇がすべっていく。

柔らかな唇が敏感な亀頭冠を擦るたびに、痺れるような快感がうねりあがってきた。

（そうか、フェラチオってこんなに気持ちいいものだったか……長らく、忘れていたな……ぁああ、くっ……！）

宏一朗は目を閉じて、湧きあがる快感を味わった。

しかし、すぐに芽郁が咥《くわ》えているところを見たくなり、目をしっかりと見開く。

ふっくらとした厚めの唇がＯの字にひろがって、勃起の血管にからみついている。

ゆったりと動く顔のすぐ下で、上から見てもその豊かさのわかる壮大な丸みが二つ見事なふくらみを作っていた。とくに、透きとおるようなピンクの乳首がツンとせりだしているのがたまらない。

芽郁が先っぽを唇と舌でしごきながら、宏一朗を見た。

「んっ、んっ、んっ……」

つづけざまに亀頭冠を唇で擦りつけながら、どう、気持ちいい？　というような顔で見あげてくる。

「芽郁のおフェラがこんなに上手だったとはな……びっくりしたよ。でも、うれしいよ。おおぅ、どんどん良くなってくる」

気持ちを伝えると、芽郁はますます情熱的に唇をすべらせ、

「んっ、んっ、んっ……」

断続的な声を発しながら、全身を使って、唇と舌を亀頭冠にからませてくる。

やけに気持ちいいな、と思ってよく見ると、いつの間にか、右手が動員されていて、根元を握り、しごいてくれているのだ。

唇の動きと、指のストロークのタイミングが合ったとき、途轍《とてつ》もない快感がうねりあがってきた。

ぎゅっ、ぎゅっと根元を握りしごかれて、太い快感がひろがる。そこに、敏感な亀

頭冠を唇で擦られるジンとした痺れが混ざり、激流となって押し寄せてくる。

「ああ、ダメだ。出てしまう……入れていいか？」

ぎりぎりで訴えると、芽郁は勃起を吐き出して、立ちあがった。

まるで鬼ごっこでもするように逃げて、自分からベッドにあがり、横になって宏一朗を手招いた。

4

宏一朗は芽郁を追って、ベッドにあがった。

白いシーツに仰臥《ぎょうが》した芽郁は、顔も身体もかわいいのに、オッパイだけはデカい。覆いかぶさっていき、ちゅっ、ちゅっと額からキスをおろしていく。唇に唇を合わせると、芽郁は自分から舌を差し込んできて、宏一朗の舌をとらえる。

そうしながら、宏一朗にしがみつくようにして、猛烈なキスを浴びせ、足までも腰にからめてくる。

宏一朗はもう一刻も待てなくなった。

すでに五十五歳。分身が元気なうちに挿入しないといけない。へにゃっとなってしまってからでは遅い。おそらく二度めの勃起はない。

キスをやめて、下半身にまわり、膝をすくいあげた。

想像より濃い陰毛はきれいに長方形にととのえられていて、その下で女の花園がわずかに内部をのぞかせている。

ぷっくりとした土手高の女性器だった。内部は鮮やかな濃いピンクで、ぬらぬらと誘うように光っている。

念のためにひと舐めすると、ぬるっと舌がすべって、

「あん……!」

芽郁はびくっとして、顔をのけぞらせた。

やはり、敏感だ。女としての感受性に恵まれているのだろう。

つづけざまに狭間を舐めると、芽郁は今すぐ欲しいとでも言うように恥丘をせりあげて、

「ああ、ねえ、ください。もう我慢できない……」

濡れた声で訴えてくる。

宏一朗のイチモツはクンニをすると、いっそうギンとなった。濡れたオマンコを舌で感じると、分身にも元気が漲るのだ。

宏一朗は顔をあげて、片方の膝をすくいあげた。

自然にもう一方の足もあがって、オマンコの位置もあがる。自由になるほうの手を添えて、翳《かげ》りの底に切っ先を押しつけ、入口をさがした。

（このへんか？）

沼地らしいところに切っ先を押し当てて、慎重に腰を進める。

亀頭部がぬるりとしたものにすべり込む感触があって、宏一朗は勃起から手を離して、両手で膝裏をつかんだ。

そのまま、ゆっくりと体重をかけていくと、硬直がとても窮屈なところをこじ開けていく感触があって、

「うあああぁぁ……！」

芽郁は顎をせりあげて、両手を万歳の形で脇に置いた。

「あうう、くっ……！」

と、宏一朗も奥歯を食いしばる

それほどに、芽郁の体内はきつきつだった。しかも、うねうねと肉棹《にくざお》にからみついてくる。

（すごい……！　この締めつけは本当にすごい！）

ストロークすればすぐにでも発射してしまいそうで、宏一朗は暴発を抑えるためにじっとしている。それでも、膣《ちつ》の奥が波打つようにざわめいて、切っ先を奥へ奥へと吸い寄せようとする。

「くうぅぅ……吸い込まれそうだ」

次の瞬間、膣全体がうごめいて、きゅ、きゅっと肉棹を手繰《たぐ》り寄せる。

「うわああ。よせ、よしてくれ……出てしまう！」

ぎりぎりで訴えると、芽郁は締めるのをやめて、微笑んだ。

宏一朗はこのまま膝裏をつかんでストロークをするつもりだった。だが、それでは短時間で発射してしまう恐れがある。

三十歳も年下の女性が誘ってくれたのだ。ここは中年男性としての意地を見せたい。芽郁をイカせてから、射精したい。

宏一朗は膝を放して、覆いかぶさっていく。

両肘を顔の両端に置いて、左右の手で頭部を引き寄せながら、ちゅっ、ちゅっと唇にキスを浴びせる。

「あああ、皆川さん……ねえ、皆川さんって呼ぶのは雰囲気が出ないわ。宏一朗って呼んでいい？　二人だけのときには」

「かまわないよ。でも、みんなの前では、絶対に呼ぶなよ。そういうのって、つい出てしまうときがあるからな」

「しないよ、大丈夫。じゃあ、二人だけのときは、宏一朗でいいのね？」

「ああ……」

「じゃあ、宏一朗、オッパイをかわいがって……わたし、胸がすごく感じるんだ」

「わかったよ」

宏一朗は唇を合わせて、舌をつかいながら、乳房を揉みしだいた。

やはり、大きい。それに、とても柔らかい。

明らかに硬くしこっている乳首を指で捏ねると、それがいいのか、

「んんんっ……んんんんっ……」

芽郁は唇を合わせながらも、くぐもった声を洩《も》らした。

ついには、自分から唇を放して、

「ああああ、ああ……気持ちいいよ。宏一朗、へんになっちゃう」

ぎゅっと、宏一朗にしがみついてくる。

宏一朗は顔をおろしていき、じかに乳首を舐めしゃぶった。ちろちろっと舌を横揺れさせて弾《はじ》き、さらに、ゆっくりと大きく上下に舐める。

すると、芽郁の膣が胸への愛撫に呼応するように、ぎゅ、ぎゅっと肉棹を締めつけてくる。

「おぅ……締まってくる。すごいぞ、芽郁のオマンコ」

褒めながら、宏一朗はなおも乳首を舌であやし、吸う。

吸いながら、巨乳を揉みしだくと、

「ぁあぁ、いい……それ、いい……ぁああ、へんになる。おかしくなっちゃう！　ああああ」

芽郁は自分から足を、宏一朗の腰にからめてくる。

こうなると、宏一朗としても、強く打ち込みたくなる。

両腕を伸ばし、腕立て伏せの姿勢になって、屹立を押し込んでいく。ずりゅっ、ずりゅっと勃起が蕩《とろ》けた体内を擦りあげていき、

「ぁあああ、いい……これ、いい……あんっ、あんっ、あんっ……」

奥へと届かせるたびに、芽郁は愛らしい声をスタッカートさせて、手でシーツを握りしめる。

強烈に打ち込むたびに、芽郁の小柄な肢体が前後に動き、たわわすぎる乳房もぶるん、ぶるるんと縦揺れする。

宏一朗は膝の内側をシーツに擦りつけるようにして、切っ先をなるべく奥へと届かせながら、目の前の光景を目に焼きつける。

芽郁が謝礼として、一晩のセックスを求めてきたのは、とてもラッキーだった。

宏一朗は部長まで昇進したものの、三年も経たずに、役職定年でその座を明け渡すことになった。女房ともソリが合わずに、協議離婚した。

まあまあの人生だとは思う。しかし、飛び抜けて、これという強烈な時間は経験することがなかった。

結婚してからは、不倫もしなかった。

だが、今になってようやく素晴らしい時間を芽郁にもらった。

これは神様が、役職定年で落ち込んでいた宏一朗に与えてくださったご褒美なのかもしれない。

（うん、そうだ。そう思うことにしよう）

宏一朗が強弱つけて打ち込むと、芽郁は段々切羽詰まってきたようで、

「あんっ、あんっ、あんっ……ぁあああ、たまんない……イキそう。わたし、イクかもしれない」

宏一朗の両腕をぎゅっと握って、とろんとした目を向けてくる。

（エロい目だ。そうか、いつも明るくて潑剌としている芽郁も、こんな艶めかしい目をするんだな）

宏一朗もフィニッシュへと向けて、上体を起こす。

すらりとした足の膝裏をつかんで、ぐいと開きながら、上から押さえつける。

すると、芽郁のひろがった膝が腹につかんばかりになって、結合部分がはっきりと見える。

宏一朗の好きな体位だった。

こうすると、標準サイズのペニスが深いところに届く気がするからだ。

深々と女性を貫いているという精神的な悦《よろこ》びも大きいが、実際に奥まで挿入すれば、膣が分身を包み込む範囲もひろがって、宏一朗も気持ちがいい。

「そうら、こうすると、芽郁のオマンコにおチンチンが入っているのが、よく見えるぞ」

かるく言葉でなぶると、

「ぁあああ、本当だ。よく見える。宏一朗のおチンポが芽郁のオマンマンに入ってている。ずっぽり入ってる。ああん、すごい。ズボズボ犯してくる。ぁああ、あんなに深く……ぁああ、たまんない。たまらない……」

芽郁が結合部分を見あげ、そのまま、うっとりとした目を宏一朗に向ける。

「そうだな。芽郁はじつはとってもいやらしくて、貪欲なんだ。うれしいだろ？　オマンマンにチンポを入れられて」

「うん、うれしい……わたし、本当にずっと宏一朗に抱いてもらいたいって思っていたのよ。でも、全然気がつかないみたいだった。鈍《にぶ》いのよ」

「……ううん、そういうことにしておこう。ただし、くれぐれも言っておくが、今二人がしていることは会社に歓迎されることじゃないからな」

「わかってるよ。大丈夫、他の人には言わないから、安心して……ねえ、イキたいの。イキたくて、頭がへんになりそう。イカせて」

「よし、イカせてやる」

宏一朗は本格的なストロークに移る。

両膝の裏をつかんで持ちあげ、開かせておいて、ずりゅっ、ずりゅっと勃起を送り込んでいく。

だんだんコツを思い出していた。

上から振りおろしていき、途中からしゃくりあげるように腰をつかう。すると、屹立が天井のＧスポットから奥のポルチオへと急所をなぞりあげていくことになって、男も女も気持ちいい。

それを繰り返していると、明らかに芽郁の様子が逼迫《ひっぱく》してきた。

「ぁああ、あああぁ……奥に当たってる。ズンズン響くわ……あんっ、あんっ、あんっ……ぁあああぁ、キツい。苦しい……」

「やめようか？」

「ううん、違うの。つづけて……つづけて」

「よし、行くぞ！」

宏一朗は徐々にストロークのピッチをあげ、パワーを込める。

「あんっ、あんっ、あんっ……ぁあああ、へんになる。もう、なってる……ぁああ、もっと、もっと奥を……」

芽郁が今にも泣き出しそうな顔で、息も切れ切れに訴えてくる。

宏一朗も徐々に限界に近づいていた。奥に届かせて、ぐりぐりと子宮口を捏ねると、芽郁ばかりでなく、宏一朗も追い詰められる。

「ぁああ、出そうだ。芽郁、俺もそろそろ……」

「ちょうだい。今なの。打って。奥を激しく打って……」

そう言いながら、芽郁は開いた両手の指で、シーツが皺になるほど強く握りしめて、顔をのけぞらせている。

ナチュラルなセミショートの髪が乱れて、額が出て、いっそう愛らしく見える。しかし、顎をせりあげて、唇を嚙む表情は女そのものだ。

宏一朗はフィニッシュに向けて、打ち込みを強めた。

知らずしらずのうちに、膝の裏をつかむ指に力がこもってしまう。そして、ぐんぐん打ち据えるたびに、巨乳がぶるるん、ぶるるんと波打って、薄いピンクの乳首も縦に揺れている。

「あん、あん……ぁあああ、ぁああああ……イキそう。わたし、イッちゃう！」

芽郁が訴えてくる。

「よし、イケ。俺も、俺も出すぞ……おおぅ！」

宏一朗は膝裏を鷲づかみにして、体重を乗せた一撃、一撃を叩き込む。

「あんっ、あんっ、あんっ……ぁあああ、イク、イク、イッちゃう……！」

芽郁がさしせまった声を放って、シーツを握りしめた。

顎をいっぱいに突きあげ、丸々としたオッパイがぶるるん、ぶるるんと縦に揺れている。

その今にも昇りつめそうな姿を見て、宏一朗も背中を押された。

「イケぇ……そうら、イケぇ！」

最後の力を振り絞って、屹立を深いところへと叩きつけた。その何度目かに、芽郁が絶叫した。

「ぁあああ、イク、イク、イクぅ……やぁぁあああああああ！」

隣室にも聞こえるのではないかと思うような嬌声《きょうせい》を噴きあげて、ぐぐっとのけぞった。

ぎりぎりまで反っているのを見て、駄目押しとばかりにもう一太刀《ひとたち》浴びせたとき、

「ぁあああ……！」

宏一朗も吼《ほ》えながら、放っていた。

ドクッ、ドクッと男液が迸《ほとばし》っていく、この上ない快感——。

ぴったりと結合部分を押しつけていると、芽郁も躍りあがった。そのたびに、オルガスムスを迎えた膣が収縮して、肉棹を締めつけて、残りの液を搾り取ろうとする。

（ああ、天国だ。俺はこんな素晴らしいものを忘れていた……）

一滴残らず打ち尽くし、宏一朗は膝を放して、ゆっくりと覆いかぶさっていく。

いまだに荒い息づかいはおさまらず、それが自分の衰えを露呈しているようで、恥ずかしい。

しばらくして、宏一朗は結合を外し、すぐ隣にごろんと横になる。

すると、すぐに芽郁がにじり寄ってきた。

「どうだった？　一生懸命にやったつもりだけど、合格か？」

宏一朗が訊《き》くと、

「うん、合格」

芽郁が答える。

「じゃあ、今宮課長とみんなの仲を取り持つ件、引き受けてくれるな？」

「引き受けてあげる……でも、どうせなら、もう少ししようよ。休んでからで、いいから」

「そうだな……俺のが役に立ったらな」

「平気よ。わたし、おチンポを元気にするの、すごく得意だから」

「わかった。その前に少し休ませてくれ」

「いいよ」

口ではそう言いながらも、芽郁はまだまだ物足りないのか、宏一朗の胸板に顔をのせるようにして、ちゅっ、ちゅっとキスをし、乳首をぬらぬらと舐めてきた。

「まだ、ダメだって」

「そうでもないよ。ほら、もう硬くなりはじめてる」

分身が奇跡的に力を漲らせつつあるのを指で確認して、芽郁は顔を下腹部へとおろしていった。

第二章　濡れる女課長

1

挽夏を迎えようとしていたその日、宏一朗は今宮仁美とともに、京都に向かった。

仁美と部下たちの軋轢《あつれき》は、芽郁の奔走のお蔭でどうにかおさまりつつある。

だが、いちばんの問題は、清水焼《きよみずやき》の大家で、京都工芸組合の理事長である日下部登一が完全に臍《へそ》を曲げてしまったことだ。

自分の作る陶器はフェアに出さないと言う。それればかりか、息のかかった組合員にも出店を見合わせるように圧力をかけているらしく、一度決まった工芸店のなかにもフェアへの出店を取り消す工房も増えてきている。

このままでは、今回の京都工芸品フェアは失敗に終わる。

危機感を募らせた仁美が、日下部と連絡を取って、とにかく一度会ってもらえるように頼み込んだ。ようやく、会談の日時が決まり、その京都行きに宏一朗も同行することになった。

これまで、宏一朗の力を借りずにプロジェクトを進めていた仁美が、考えを改めて、宏一朗の助けを求めてきたのだ。

ここは宏一朗としても、期待に応えたい。

新幹線の窓側に座った仁美は、晩夏の強い日差しを避けたいのか、ロールカーテンを閉めている。

さっきから、プリントアウトした書類を何度も見直して、日下部説得の予習に余念がない。

だが、宏一朗はそんな仁美に違和感を覚える。

これは、条件提示の問題ではなく、日下部のプライドの問題であり、彼の怒りをどうやって消していくかが大切なのだ。

いい条件を出すほど、彼は「そういう問題ではない。俺を安く見ているのか」とかえって、臍を曲げさせてしまうのではないか——。

しかし、仁美だってそんなことはわかっているはずだ。怒りを抑えつつ、この条件を出して参加を願うという方針に違いない。

　眉間に皺を寄せているその横顔を見て、思う。

（こんな渋い顔をせずに、穏やかでやさしい顔をしていれば、最高の女なのに……生真面目すぎるんだよな）

　かるくウエーブしたセミロングの髪がふわっと肩に散って、ととのった横顔が美しい。見とれていると、仁美がこちらを向いた。

「あの……」

「何？」

「社員との仲を取り持っていただいて、ありがとうございました。本田さんが動いてくれたのは、皆川さんの指示ですよね？」

「少しね、少し言い含めただけで、大したことはしていないさ」

「……でも、今回の交渉はわたしにやらせてください。自分でやらないと、どんどん自信を失っていくだけで……わかってください」

「……なるほど。それだけの覚悟があるってことだね？」

「はい……」

「わかった。ならば、初日は自分のしたいようにしなさい」

宏一朗は、仁美のやり方を認めた。

今回、交渉の日時は二日取ってある。ダメなら、自分が乗り出せばいい。

仁美が目を閉じた。何を思っているのだろうか、時々、きゅっと下唇を嚙みしめている。

お洒落《しゃれ》なスーツの上着をブラウスの大きな胸が持ちあげて、タイトスカートがむっちりとしたヒップや太腿《ふともも》に張りついて、その豊かな肉感を浮かびあがらせている。

仁美は二十七歳で結婚して、二年前に夫を亡くしたのだが、その前の独身時代のことだ。

当時、宏一朗は企画課の課長をしていた。そして、北海道グルメフェア開催の際に、函館の市場の幾つかの店に交渉をしに行った。

そのとき、当時まだ二十五歳の仁美をお供に連れていった。

当時から、すでに宏一朗と妻との夫婦仲は最悪であったし、仁美はとても品がよく、素直で、清楚で、非の打ち所がない社員だった。

夜、函館港が見えるホテルのバーで、仁美とカクテルを呑みながら、内心ではこのまま部屋へ仁美を連れていこう、と何度思ったことか。

その頃は宏一朗も働き盛りであり、男としての魅力もあった。

今、振り返ると、妻子持ちの上司が美人の部下を誘うという、完全なパワハラではあった。しかし、仁美も誘えば乗ってくるのではないかという雰囲気をかもしだしていたことは確かだ。

いつもは酔わない仁美が珍しく酔っていた。バーを出るときも、肩を貸さないと歩けないほどだった。

そのまま仁美を自分の部屋に連れていこうとしたそのとき、彼女のケータイに電話がかかってきた。

今、考えると、相手は結婚をしたその男だったのかもしれない。

電話を受けた仁美は、急にシャキッとして、

『すみません。部屋に戻ります。すみません』

と、謝りながらも、自分の部屋に帰っていった。

(あのとき、あの電話がなければ、彼女を抱いていた。もし抱いていたら、自分と仁美の人生はどう変わったのだろう？　おそらく俺は仁美に夢中になっていただろう。部下との不倫にうつつを抜かし、部長にはなれなかったかもしれない。逆に、妻ともっと早く離婚して、仁美と再婚――なんてこともあったかもしれない……ええい、もう過去のことだ。そんなことを思い出していても仕方がない)

宏一朗も目を閉じて、新幹線の快適なシートに身を任せた。

交渉は京都東山の一流料亭の一間を借り切って行われたのだが、日下部登一は想像以上に難物だった。

見た目はシルバーグレーのダンディと言ってもいいほどの男で、若い頃にはきっと女性にモテただろう。だが、七十六歳ともなると、老いが至るところに見える。顔のシミ、手の甲の皺と浮き出た血管……だが、いまだ眼光は鋭く、その目でぎろっと見つめられると、心臓が縮みあがった。

最初はこのフェアに積極的だった日下部が臍を曲げたのは、京都の陶芸コーナーより、工芸品を活かしたアクセサリー関係を中心に据えたプランの提案の仕方を誤ったためだ。

『伝統ある京都の陶芸品よりも、若い女客狙いの、パッと出のくだらないアクセサリー売場を中心に置くとは……京都の伝統工芸をナメているのか？』

しかも、最初は、理事長の日下部に相談という形で持ちかけて、もしいい顔をしなかったときは、日下部の工房の陶器の特別コーナーを開くという予定だった。

日下部との連絡を部下の樺沢に任せていたのだが、よりによって、樺沢が日下部に対して、すでに決定事項として伝えてしまったのだ。
当然のごとく怒り狂った日下部は、あとで、日下部の工房の特別展示を開くという
こちらの案も蹴った。
そして、うちはあんたのところのフェアから手を引く。アクセサリーも陶器が使わ
れているものは、全部手を引かせるから——。
そう突き放してきた。
だから、今日、仁美は日下部の工房の陶器を中心とした伝統的な清水焼、京焼をセ
ンターに置いて、アクセサリーは隅にずらす、という話をした。
そして、最後に仁美は、
『これまでのご無礼をお詫びいたします』
と、深々と頭をさげた。
しかも、お土産のなかには、幾らかの金が包んであるのだ。
普通なら、これで手打ちになるはずだった。しかし、日下部はその条件を呑もうと
はしなかった。
また明日、うかがうということで、二人はその場は引きさがった。

2

二人は京都駅近くの、東寺が見えるホテルに宿泊していた。

ホテルの最上階にある東寺の見えるバーで、二人は酒を呑んでいる。

お花見の頃は、東寺の五重の塔やしだれ桜がライトアップされて、妖艶《ようえん》な美を誇るのだが、今、東寺は薄闇のなかに沈んでいる。

出張して、二人でバーで酒を呑んでいる。あの函館の出張のときと同じだった。

「どうしたら、いいんでしょうか……いい方策があったら、教えてください」

さっきからひどく落ち込んでいた仁美が、シングルモルトのオンザロックをまわしながら、救いを求めてきた。

「……そうだな。きみはやるべきことはやった。やり方が間違っているとは思えない。だけど、日下部はうんとは言わない。意地なんだろうな。世の中には、数は少ないが、一度の過ちを決して許さない者がいる。日下部がそうなんだろう」

「じゃあ、どうすればいいんでしょうか？」

「……そうだな。日下部はもしかして、きみを見ると、自分が一時的とはいえ、無下にされたという屈辱感が込みあげてくるのかもしれない。明日、まずは俺だけに会いたいと言ったのは、それだろう。まずは俺がひとりで会って、日下部の本音を訊いてみるよ」

「すみません。やはり、わたしが間違っていました。皆川さんの力を借りずにすべてをやろうなんて、最初から甘かったんだわ」

「いやいや……きみは正しかった。だけど、世の中、正しく対応しても上手くいかないこともある。こんなことで落ち込んでいては、課長は務まらないぞ。大丈夫。今宮仁美は十二分に実力がある。明日はまず俺に任せてくれ。どうにかして、糸口を見つけてみせるよ」

「ありがとうございます……わたし……」

仁美がカウンターの下で、宏一朗の手をつかんで、ぎゅっと握った。

「そろそろ出ようか……明日は長期戦になるかもしれない」

二人はホテルのバーを出た。

右手で仁美の左手を握りつづけていると、仁美が身体を寄せてきた。ブラウスの下に豊かな乳房の弾力を感じる。

「そう言えば、以前、函館で同じようなことがあったな。あのとき、きみを部屋に連れ込もうとしたら、きみに電話がかかってきて、それで一気に冷めてしまった。今夜は電話がかかってこないことを祈るよ」

「……かかってこないと思います。あのとき電話をかけてきた人は、もうこの世にはいませんから」

仁美の言葉で、やはり想像したとおり、あの電話はのちに結婚したその彼からだったことがわかった。

しかし、仁美が言ったように、その彼はもうこの世にはいないのだ。

ダンナが亡くなってから二年が経過する。この前、三周忌も済ませたと言う。

仁美は亡夫を頭から追い出したくて、仕事に没頭している。しかし、そろそろ男が恋しくなる時期だ。そして、亡夫のことを忘れて、他の男に抱かれても仏様は許してくださるだろう。

宏一朗は無言のまま、手をつないで、仁美を部屋の前まで連れていった。

そして、カードキーで鍵を開け、そのキーを差し込むと、部屋の照明が点いた。

ごく普通のダブルベッドがひとつ置かれた部屋で、ライティングデスクと応接セットもついている。

仁美を部屋に入れて、ドアを閉める。仁美はすでに覚悟を決めているのか、されるがままで、逆らおうとはしない。

自動ロックで部屋が密室になったとき、しばらく忘れていた熱い胸のざわめきとともに、股間のものが力を漲らせる気配があった。

「電話はかかってこなかった。いいんだね？」

肩に手を置いて言うと、仁美がこくりとうなずいた。

「函館のつづきをしよう」

そう言って、宏一朗はキスをしつつ、肢体を抱きしめる。

仁美は拒まずに、おずおずと唇を合わせてくる。

ついばむようなキスが徐々に激しいものに変わり、舌を差し込むと、その舌になめらかな舌がおずおずとからみついてきた。

長いキスを終える頃には、仁美の息づかいが乱れ、顔が紅潮していた。

宏一朗がワイシャツのボタンに手をかけると、仁美もブラウスを脱ぎはじめた。

そこで手を止めて、言った。

「シャワーを浴びさせてください」

「いや、このままがしたい」

「でも、汚れています」

「かまわないよ。俺は日常のままのきみを愛したい」

そう言って、宏一朗はワイシャツの次にズボンを脱いだ。

黒のブリーフだけをつけて、仁美の脱衣を待った。

シャワーを浴びることを諦めたのか、仁美がおずおずと動きはじめた。ブラウスを脱ぐと、濃紺の刺しゅう付きブラジャーが、たわわな乳房を持ちあげているのが見えた。

(思ったより大きい……それに、濃紺がよく似合う)

見とれているうちにも、仁美は紺色のタイトスカートをおろして、足先から抜き取っていく。

肌色のパンティストッキングが濃紺のハイレグパンティを包み込んでいた。

「恥ずかしいから、見ないでください」

そう言って、仁美は後ろを向き、パンティストッキングをおろして、爪先から抜き取っていく。

宏一朗は下着姿の仁美をベッドに寝かせて、自分もあがった。

仰臥した仁美に覆いかぶさるように、キスをして、背中のホックを外し、濃紺のブラジャーを外す。

現れた乳房は形よくせりだしていて、上の斜面を下側の充実したふくらみが持ちあげた最高の形をしていた。とくに、ピンクとセピア色を混ぜたような色の乳首がツンと頭を擡げていて、それが仁美の昂奮《こうふん》を伝えてくる。

まろびでてきた乳房を、仁美が恥ずかしそうに手で隠した。

宏一朗はその手を外して、

「きれいな胸だ。恥ずかしがる必要はひとつもない」

褒めながら、静かにふくらみをつかみ、その指が沈み込むような柔らかな感触を味わった。

と、仁美が頬を赤らめて、顔をそむけた。

宏一朗は揉みしだきながら、頂上にキスをする。ちゅっ、ちゅっと乳首に接吻を浴びせると、

「んっ……んっ……あっ……！」

仁美は最後は喘いで、それを恥ずかしがるように口を手のひらで押さえた。

「大丈夫だよ、声を出しても……聞こえないし、誰も聞いてはいない」

言い聞かせて、今度は舐めた。

ゆっくりと上下に舌でなぞり、乳首を唾液で濡らすと、次は舌を横に振って、突起

を刺激する。レロレロッとつづけて弾くと、

「んっ……んっ……ぁああうぅぅ……」

仁美は口から外した手で、後ろ手に枕をつかんだ。

向かって右側の腋《わき》の下があらわになって、その姿勢がたまらなかった。

ついついい、舐めていた。

きれいに剃毛《ていもう》された腋窩《えきか》にキスをし、つるっと舌を走らせると、

「あんっ……そこは、いやです」

仁美が肘を締めようとする。その手を上から押さえつけて、開かせたままにして、つづけざまに腋窩を舐めた。つるっ、つるっと舌がすべっていき、

「んっ……んっ……ぁあああ、許して、それ許して……シャワーも浴びていないの」

仁美が顔を真っ赤にしていやいやをする。

かまわず、腋の下に舌を這わせ、キスをする。

仁美が言うようにそこは汗の痕跡を残して、甘酸っぱい香りがする。晩夏で汗をかいているためか、しょっぱくも感じる。

わずかな塩分を舐めとるようにして、そのまま、二の腕へと舌を走らせた。

二の腕はとても柔らかくて、ぷにぷにしていて、柔らかな肌を舐めあげていくと、

「ぁああ、そこはもっといや……贅肉がついているでしょ？　ダメよ、恥ずかしい」

「柔らかくて、素敵だよ」

二の腕と腋窩に何度も舌を往復させるうちに、くすぐったさが快感へと変わったのか、

「ぁあああ……ああああ……」

仁美はこれまでとは一転して、低い喘ぎ声を放ち、真っ白な喉元をさらした。

（いい表情をする）

女が性的に高まっていくときの表情の変化ほど、宏一朗を昂《たかぶ》らせるものはない。

宏一朗は満足して、いったん顔をあげ、ふたたび乳首を攻めた。形のいい乳房を揉みながら、先端を舐め転がすと、

「ぁあああ……あああ……いいの。いいの……そうよ、そう……ぁあああ、気持ちいい……よかった。わたしもまだ女なのね」

仁美が安心したように言う。

「そんな心配をしていたのか？　きみは立派な女だよ」

「そう？」

「そうだよ。わかるんだ。きみはまだまだこれからだ。もっといい女になる」

宏一朗はキスをおろしていき、仁美のパンティを脱がせた。

そのまま、足の間に体を入れ、膝をすくいあげてひろげると、

「いやっ……！」

仁美が翳りを手で隠した。

その手を外して、内腿にキスをする。青い血管が透け出た内腿をツーッと舐めあげていくと、

「はうっ……！」

仁美は震えながら、息を呑んだ。

漆黒の縦長の翳りが流れ込むあたりに、女の肉花がわずかに開きかけていた。

肉の花は縦に長く、蘭の花のような形をしている。そして、ふっくらとした肉びらはきれいなピンクに光っている。

宏一朗が顔を寄せると、

「ぁああ、ダメ……シャワーを浴びていないのよ」

仁美が拒もうとする。閉じようとする足を開いて、狭間を舐めた。

ぬるっと舌がすべっていって、

「ぁあああ……いや」

仁美がいやいやをするように首を左右に振った。

「大丈夫。いい匂いがするし、変な味もしない。心配するな。大丈夫だから」

そう言い聞かせて、狭間にさらに舌を走らせると、

「ぁあああ……ぁあああぁぁ」

仁美は低い声を洩らしていたが、やがて、下腹部をせりあげてきた。

無意識なのだろうか、まるでもっと強く舐めてと言わんばかりに、恥丘を持ちあげて擦りつけてくる。

やはり、夫が亡くなって二年が経ち、開発された身体はぎりぎりの状態まで来ていたのだろう。仕事に専念することで、満たされない女の欲望を必死に忘れようとしてきた。それが今、噴き出そうとしているのだ。

(よし、もっと感じさせてやる)

そぼ濡れた狭間を舐めあげていき、その勢いのまま上方の肉芽を舌で撥《は》ねた。

「あんっ……!」

仁美は随分と愛らしい声をあげて、びくっと腰を痙攣《けいれん》させた。やはり、クリトリスが強い性感帯のようだ。

右手の指で包皮を引っ張りあげると、つるっと剝《む》けて、珊瑚《さんご》色の本体があらわにな

った。おかめの形をした突起が包皮から丸い顔を出している。

そっと舌を押し当てて、ゆっくりと上下に舐め、左右に撥ねた。濡れた舌が本体をなぞるだけで、それが気持ちいいのか、

「んっ……あっ、あっ……はぅぅぅ」

仁美はあえかな声を洩らして、顔をのけぞらせる。

(よしよし、このまま……)

明らかに大きくなった肉芽を、今度は頬張って、吸う。

口先を尖らせて、突き出しているものを吸引する。すると、肉芽が長く伸びて、口腔に吸い込まれ、

「はぅぅぅ……!」

仁美は両手でシーツを鷲づかみにして、下腹部をせりあげる。

ここを吸われると、すごく感じるらしい。

宏一朗は肉芽を頬張って、長く深く吸いあげる。

「ぁああ、いやぁああ……あっ、あっ!」

仁美は嬌声をあげて、がくん、がくんと腰を震わせる。

(感じているな。これでは、どうだ?)

ちゅっ、ちゅっと矢継ぎ早に吸引すると、そのリズムに合わせて、

「あっ……あっ……」

仁美は声をあげ、ついには、女性器を吊られたようにブリッジをして、腰をせりあげる。

すごく感受性が強い。

仁美は会社ではどちらかと言うとクールであるがゆえに、このベッドでの変貌を想像できなかった。

(よし、もっとだ……!)

宏一朗は肉芽を吐き出して、右手の中指でクリトリスを円を描くようになぞる。円く撫でたり、トップを指腹でかるく擦る。

つづけていると、仁美がぶるぶると小刻みに震えはじめた。

「ぁああ、ダメ……気持ちいいの。気持ちいいの……ぁあああうぅぅ」

ぐぐっと顎をせりあげる。

宏一朗はまたクリトリスを舐め、同時に下のほうの切れ目を指で擦ってやる。

狭間はすでにぬるぬるで、なぞるだけで、指が膣に落ち込みそうだ。

陰核を舌で上下左右に舐め、時には吸う。そうしながら、とろとろの狭間と下側の

膣口の周辺を指でなぞってやると、仁美の様子がいよいよさしせまってきた。

ぐいぐいと下腹部をせりあげて、

「ぁああ、おかしくなりそう。皆川さん、ちょうだい。欲しい」

訴えてくる。

だが、その前にやってほしいことがあった。

なぜなら、宏一朗のイチモツはまだまだ半勃ちで、しゃぶってもらえば、もっとギンとしてくるという期待感があったからだ。

「悪いな。しゃぶってくれないか？」

ブリーフを脱いでベッドに寝転ぶと、仁美が足の間にしゃがんで、屹立にそっと顔を寄せてきた。

3

いきりたつものを、仁美はおずおずと触った。

しばらく触れていなかった男の器官の具合を確かめるように指でなぞり、握り、ゆっくりとしごいた。

それが一段と固さと大きさを増すと、一瞬、動きを止めて、目を見開いた。

それから、顔を横向けてハーモニカを演奏するように屹立に唇を当てて、上下にすべらせる。唇を舌に変えて、側面に舌を這わせた。

そうしながら、時々、こちらの様子をうかがうように髪をかきあげて、宏一朗を見る。

柔らかく波打つ髪をかきあげる所作が、ドキッとするほどに悩ましい。

（そうか……これが、今宮仁美の持つもうひとつの顔か……！）

イチモツが反応して、ギンとしてきた。

すると、それを感じたのか、仁美はふっと微笑み、裏筋を舐めあげてきた。ツーッ、ツーッと舌を走らせて、亀頭冠の真裏をちろちろと舌で刺激する。

（さすがだな……だてに男と結婚生活を送ってはいない。きっと、夫からフェラチオを仕込まれたのだろう。だが、そのダンナはもういない……）

仁美は亀頭冠のくびれをぐるっと舐めると、そのまま上から頬張ってきた。

唇を窄めて、本体を柔らかな唇で包み込み、ゆっくりと上下にすべらせる。

そうしながら、ちらりと見あげて、宏一朗の反応をうかがった。

「気持ちいいよ、すごく……上手だね」

宏一朗が褒めると、はにかんで、目を伏せた。

半ばまで吸い込んだままで、舌をからめてきた。ねっとりとした舌が裏側をなぞり、そのくねくねした舌の動きと感触も伝わってくる。

(ああ、気持ちいい……たまらんな)

宏一朗はうっとりとして、もたらされる感覚を心から味わう。

これ以上の柔らかな陶酔感があるとは思えない。

同じところに留まっていた唇が静かに動きだした。適度な圧力で勃起の表面をすべり、同じところを反復してなぞってくる。

「ああ、くっ……いいよ。ああ、天国だ」

思わず言うと、仁美はいっそうストロークを強くしていった。

ズチュ、ズチュと淫靡《いんび》な唾音《つばおと》とともに顔が打ち振られ、なめらかな唇と舌が張りつめた表面をなぞるたびに、快感がじわっとひろがってくる。

宏一朗はその光景を脳裏に焼きつけた。

新人課長が一生懸命に自分のペニスを頬張り、唇を往復させている。

すっと切れあがった細い眉、閉じられた瞳と光沢のある瞼《まぶた》、鼻の下が伸びて、窄められた唇が肉の柱を咥えて、すべり動いている。

さらさらっと枝垂《しだ》れ落ちているウエーブヘアを時々かきあげて、そのたびに、ちらりと宏一朗の様子をうかがう。

目を合わせることはしないで、すぐに目を伏せる。

そして、一生懸命にご奉仕をしてくる。その、相手に悦んでもらいたいという気持ちが伝わってきて、宏一朗も仁美への強い愛情を感じた。

途中まで頬張っていた仁美がぐっと根元まで、頬張ってきた。

陰毛に唇が接するまで深く咥えて、ぐふっ、ぐふっと噎《む》せた。それでも、吐き出そうとはせずに頬張りつづける。

喉の奥まで切っ先を導き入れながらも、さらにチューーッと吸って、もっと奥へと招き入れようとする。

（ここまでしてくれるのか……！）

繊細な頬が大きく凹《へこ》んでいて、いかに仁美が強くバキュームしてくれているのかがわかる。

ねろり、ねろりと舌をからませてから、仁美がゆっくりと顔を振りはじめた。

唾液でぬめる肉柱を柔らかな唇がなめらかに擦っていく。

徐々に快感が高まったところで、仁美は右手のしなやかな指で、根元を握り込んできた。

ゆったりと唇をすべらせながら、それと同じリズムで亀頭冠を中心に唇を往復させる。徐々に熱いような快感がひろがってきて、

「くっ……ぁあああ、気持ちいいよ。たまらない……ぁあああ」

宏一朗が思わず喘ぐと、仁美はさらに強く根元を握りしごき、同時に敏感なカリを唇と舌で刺激してくる。

「おおぅ、ダメだ。出てしまう……入れてくれないか？」

ぎりぎりの状態で、訴えた。

すると、仁美はちゅぽんっと肉棹を吐き出して、またがってきた。

向かい合う形で宏一朗の腰をまたぎ、いきりたつものをつかんで、翳りの底に導いた。

ぬるり、ぬるりと擦りつけて、慎重に腰を沈ませる。

亀頭冠が濡れ溝をこじ開けていき、深いところに嵌まり込むと、

「うあああぁぁ……！」

年下の女上司はのけぞって、口をいっぱいに開き、眉根を寄せた。

宏一朗も「うっ」と唸っていた。

熱いと感じるほどの滾《たぎ》りがざわめきながら、いきりたちにからみついてくる。濡れ方が尋常ではなかった。ひさしぶりのセックスに昂っているのだろう。

仁美は両膝をぺたんとシーツについて、宏一朗の上で前後にゆるやかに腰を揺すった。

腰を後ろに引き、そこから、ぐいと前に突き出してくる。

そうやって、膣で肉棹を揉みしだきながら、

「ぁあああぁぁ……」

か細い声を洩らして、顔を大きくのけぞらせている。

こんなことを訊いても意味がないと知りつつも、ついつい訊いていた。

「気持ちいいか？」

「はい……すごく」

「もう何年もしていなかったんだね？」

「……はい」

「そうか……いいぞ。きみが感じてくれれば俺はうれしい。だから、余計なことは考えずに欲望をぶつけてくれ」

「はい……はい……ぁあああ、腰が勝手に動く……」

仁美はさらに大きく激しく腰を前後に揺すって、いきりたちを揉み込み、クリトリスを擦りつけてくる。

そんな仁美を宏一朗は下から見あげて、感激に震えている。

仁美は長い間押さえてきた情欲を堰《せき》を切ったように解き放って、くいっ、くいっと鋭角に腰を打ち振った。

それから、後ろに反るようにして両手を突き、膝を立てた。

ものすごい眺めだった。

大きく開いた、すらりとした足の間で、血管の浮き出た肉の柱が翳りの底にずっぽりと嵌まってしまっている。

仁美は恥ずかしそうに顔をそむけながら、腰を前後に揺すった。

すると、陰毛の流れ込むあたりに肉棒が深々と埋まって、ほぼ姿を消す。それから、今度は途中まで出てくる。血管の浮かぶ肉の塔は蜜まみれで、ぬらぬらと光っている。

「んんん……んんん……はうぅぅ」

腰を前後に揺らしては、仁美は呻《うめ》きとも喘ぎともつかない声を放つ。

羞恥に満ちた顔をしているのに、腰の動きはおさまるどころか、徐々に活発化していき、やがて、顔を大きくのけぞらせて、

「ぁあああ、ああああ……いいの。なかを掻《か》き混ぜてくる。硬いわ。硬いおチンチンが気持ちいいの……ぁあああああ、ぁああああ、止まらない」

仁美は上体を後ろに反らせた格好で、ぐいぐいと腰をふしだらにしゃくりあげる。

屹立が膣を出入りする様子が丸見えである。

（知らなかった。今宮仁美は思っていたより、ずっと欲が深い……ああ、これ、気持ちいい……）

仁美が腰をつかうたびに、屹立のエラが窮屈な粘膜で擦れて、ぐっと快感が高まる。

もっと強い刺激が欲しくなったのか、仁美が上体を持ちあげる。

開脚したまま、少し前傾して両手を宏一朗の脇のシーツに突き、尻を上げ下げする。

（これは……！）

最初はゆっくりとおずおずとしている感じだったが、調子がつかめたのか、どんどん尻の上げ下げが速く、激しくなって、尻が下腹部にぶち当たって、ぴたん、ぴたんと音がして、

「あんっ……あんっ……あんっ……」

切っ先が子宮口に届くたびに、仁美は声をあげる。

（すごい、すごい……！）

宏一朗は感動していた。

会社ではいつもきりっと仕事をしている仁美が、いざセックスとなると、俗に言う杭打ちピストンで尻を打ちつけてくる。

(本当に女はわからない。まさか仁美がこんなことまで……だけど、ああ、気持ちいい。オッパイが揺れている!)

ウエーブヘアとともにたわわで形のいい乳房が波打ち、

「あんっ……あんっ……ぁあああ、すごい……硬いの。おチンチンがえぐってくる。お臍に届いてる……あんっ、あんっ、あんっ……ぁああ、ダメっ……」

仁美はがくんがくんと痙攣しながら、どっと前に突っ伏してきた。

まだイッてはいないだろう。

だが、寸前までは昇りつめたのか、がっくりとしながら、肩で大きく息をしている。

「キスをしてくれないか?」

言うと、仁美は顔をあげて、少し傾けながら、唇を重ねてくる。

上と下の唇を頬張るようにしてから、なめらかな舌を出して、宏一朗の唇の隙間をツンツンする。宏一朗が口を開くと、その隙間から舌がすべり込んできた。

宏一朗の歯茎や口蓋に舌を遊ばせ、それから、舌をとらえてからませてくる。

そうしながら、ゆるく腰をグラインドさせている。キスしながら、腰を揺すって屹立を攻めたててくる。

（たまらんな、これは……）

宏一朗もごく自然に仁美の腰を両手で引き寄せて、自分から腰を突きあげていた。熱く滾っている膣をぐいぐいえぐりたてると、仁美はキスをしていられなくなったのか、顔を持ちあげて、

「ぁああ、気持ちいい……これ、いいの、いい……ぁあああ、ぁあああ、突きあげられる。ぁああうぅぅ」

仁美がぎゅっとしがみついてきた。

宏一朗が腰をせりあげるたびに、屹立が斜め上方に向かって膣を擦りあげていき、仁美は抱きつきながら、声を洩らす。

ここぞとばかりに一気に突きあげると、様子が逼迫してきた。

「あんっ、あんっ、あんっ……ぁああ、イキそう。イキます」

仁美が訴えてきた。

宏一朗はまだ射精する気配はない。しかし、ここはまず仁美に気を遣《や》ってほしい。ひとまず満足してほしい。

「いいぞ、イッていいぞ。そうら……」

背中と腰を引き寄せて、つづけざまに突きあげたとき、

「イク、イク、イキます……あはっ……！」

仁美はかるくのけぞって、細かく痙攣し、それから、力尽きたように宏一朗にしがみついてきた。

4

若い頃なら、つづけて仁美をイカせることもできただろう。しかし、宏一朗もすでに五十五歳。休まないと、つづけられない。

結合を外して、息をととのえていると、仁美がにじり寄ってきたので、とっさに腕枕していた。

肩に顔をのせるようにして、仁美が言った。

「恥ずかしいわ。自分だけイッてしまって」

「いいんだよ。男は歳をとると、遅漏になるんだ。安心しなよ。きみのあそこはすごく性能が良かった。ぐねぐねとからみついてくる」

「もう……」

仁美は口を尖らせたが、内心はうれしそうだった。

「思っていたより、きみはずっとエッチで、感受性も素晴らしかった。函館のときにやっておけばよかったたって、改めて思ったよ」

「……あのとき、抱かれていたら、きっとわたしの人生も違っていたわ」

「どうだろうね」

宏一朗は複雑な気持ちで、すべすべの髪を撫でる。

「……まだ、できそう？」

「ああ、口でしてくれれば、すぐにまた大きくなるさ」

「もう一度、して……あの人のことを完全に忘れたいの。身体から追い出してほしい……」

「わかった。頑張ってみるよ」

答えると、仁美が下半身のほうに移動していった。

「いっそのこと、シックスナインをしよう。こっちにお尻を向けてごらん」

仁美がゆっくりと身体の向きを変えて、またがってきた。

むっちりとして肉感的なヒップが目の前に突き出される。宏一朗は、いかにもホテル用というふかふかの大きな枕を頭の下に置く。こうすれば顔の位置があがって、クンニをしやすくなる。

尻たぶをひろげると、それにつれて陰唇も開いて、内部のサーモンピンクがあらわになった。そこはいまだ洪水状態で、あふれでた蜜がぬらぬらと光っている。

顔を寄せて、舐めた。

狭間に舌を走らせると、ぬるっとすべっていき、濃厚な味覚とともに甘酸っぱい香りに包まれる。そして、ひと舐めするごとに、仁美は「あっ……あっ」と艶めかしく喘ぎ、もっとと言わんばかりに腰をくねらせる。

宏一朗はクリトリスに目標を定めた。

シックスナインだと、陰核が下にあるから攻めやすい。

ちろちろっと舌を横揺れさせると、

「ぁああ、あああぁ、いい……あぐ……」

仁美がイチモツにしゃぶりついてきた。

ぐっと深く頬張って、なかで舌をからめてくる。

宏一朗が陰核をさらに舐め転がし、チューッと吸うと、

「うあっ……！」

頬張っていられなくなったのか、仁美は勃起を吐き出して、びくん、びくんと震える。やはり、クリトリスを吸われるのが好きのようだ。

「悪いけど、咥えてくれないか？」

「はい……」

仁美がまたイチモツに唇をかぶせてくる。

宏一朗が陰核をつづけざまに吸うと、仁美はもう我慢できないとでも言うように顔をのけぞらせて、

「ぁああ、ゴメンなさい。欲しい。これが欲しい」

いきりたちをぎゅっと握ってくる。

それならば、と宏一朗は下から抜け出して、仁美の真後ろについた。

ギンとしたものを濡れ溝に押し当てると、もう待てないとでも言うように、仁美は自分で足の幅をひろくして尻を突き出し、上半身を低くする。

そのふしだらすぎる格好に、宏一朗はますます昂奮する。

イチモツを押し当てて、腰の左右をつかみ寄せながら、慎重に腰を入れていく。

すでに一度道をつけられたばかりの膣はスムーズに屹立を呑み込みながら、うねうねとからみついてくる。

「くっ……ぁああ、吸い込まれそうだ」

「欲しいの。だから、きっと無意識に締めているんだわ」

「うれしいよ。こういう姿を見せてくれて……そうら、忘れさせてやる。死んだ者は帰ってこない。もう忘れなさい。彼を頭と身体から追い出すんだ」

宏一朗は最初はわざと浅瀬を小刻みに突く。

すると、焦《じ》れてきたのか、仁美が自分から腰をつかって、もっと奥へとせがんでくる。

「深いのが欲しい？」

「ええ……ズンッて感じがいいの。つづけられると、訳がわからなくなってしまって、それがいいの」

「そうか……」

期待に応えようと、宏一朗は徐々に強く深いストロークに切り換えていく。

大きく、スムーズに腰をつかうと、仁美はそれがいいのか、シーツを鷲づかみにして、

「ぁああ、あああぁぅぅ……」

喘ぎを長く伸ばす。

宏一朗はまた浅いジャブに切り換える。すると、仁美がもどかしそうに腰を揺すり立てて、深い一撃を無意識にねだってきた。

これを待っていた。

宏一朗はそこで、いきなり強く、深いストレートを打ち込んでいく。下腹部がぶち当たり、奥のほうを切っ先が打つ感覚があって、

「うはっ……！」

仁美は悲鳴に近い声を放って、大きく顔を撥ねあげる。

そこで、仁美がまた深いストロークを予想したときに、その予想裏切って、浅瀬をつづけざまに捏ねる。捏ねるようにスライドさせる。

すると、仁美はまたもどかしくなったのか、おねだりをするように腰を前後に揺すっては、せがんでくる。

「あああ、ください。強く、ください」

次の瞬間、宏一朗は大きく腰を振りかぶるようにして、強烈な一撃を叩き込む。がつんと何かがぶつかる感触があって、

「ああああ……！」

仁美は金切り声をあげて、がくんと頭を後ろに反らした。

今度はつづけた。たてつづけに深いストロークを繰り出すと、

「あんっ、あんっ、あんっ……」

仁美は喘ぎ声をスタッカートさせる。

「右手を後ろに出してごらん」

言うと、仁美はおずおずと右手を後ろに差し出してきた。その腕をつかみ寄せ、自分のほうに引っ張りながら、腰をつかう。

衝撃が逃げないぶん、打ち込みのパワーが伝わるはずだ。

「あん、あん、あん……いやいや……イッちゃう。恥ずかしい……恥ずかしい……イカせないで。またイクなんて、恥ずかしすぎる。お願い……許して」

宏一朗はいよいよ仕留めにかかる。

腕を放して、いったん結合を外し、仁美を仰向《あおむ》けに寝かせる。

たわわな乳房がところどころ赤く染まっている。髪の毛が乱れて、それが顔に張りついていて、色っぽい。

宏一朗は両膝をすくいあげ、いきりたつものを押しつける。

ぬるり、ぬるりと狭間がすべって、いかに仁美が感じてしまっているかがよくわかる。

押し込みながら、膝を放して、覆いかぶさっていく。

強く打ち込みたいから、衝撃が逃げないように頭を両側から押さえつける。そうしておいて、ぐいぐいと勃起を叩き込んでいく。

「あん、あん、あん……ぁああ、すごい……感じるの。わたし、すごく感じている。ああ、うれしい……」

仁美が見あげて、言った。

アーモンド形の目が妖《あや》しく濡れていて、ぼうとして、どこを見ているのかわからないような目がたまらない。

宏一朗は上からキスをする。唇を重ねて、舌を押し込み、からませる。そうしながら、ぐいぐいと屹立を押し込んでいく。

「んんんっ……んんんんっ……」

仁美はくぐもった声を洩らしながら、膝を大きく開いて、宏一朗の腰を挟みつけるようにして、挿入の深さを求めてくる。

宏一朗はキスをやめて、腕立て伏せの形で強く打ち込んだ。足を開いて、膝の側面をシーツに擦りつけて、すくいあげるように奥へと届かせる。

ずりゅっ、ずりゅっと勃起が体内を擦りながら、奥へとすべり込んでいき、宏一朗も性感の昂りを感じた。

「出していいか？」

「ええ……わたし、妊娠しないみたいなんです。だから、大丈夫……皆川さんの精子が欲しい。ずっと欲しかった」

仁美がまさかのことを言う。

仁美が子供を産まなかったのもそんな事情があったのだろう。産めなかったのだ。

宏一朗は丹田《たんでん》に力を込めて、また仁美を抱きしめる。そうしながら、膝の内側をシーツに擦りつけるようにして、いきりたちを打ち込んでいく。

なるべく下側からすくいあげるようにしてGスポットを擦りあげる。

それをつづけていくと、仁美の気配がさしせまってきた。

「ああああ、幸せ……いいんです。いいの……いいの……ああああ、また、イッちゃう……皆川さん、ください。あなたの精子が欲しい」

仁美が訴えてくる。

息を詰めて連続して擦りあげると、宏一朗自身も下半身がじわっと温かくなってきた。射精の予兆だった。

（俺はまだ射精できる。今宮仁美の体内に俺の精液を……！）

その一心でつづけざまに擦りあげた。

「ぁあああ、あああああああ……イクわ。イク……イキます」

「いいんだぞ。イッていいんだぞ……そうら……おおぅ、仁美！」

名前を呼び捨てにして、激しく腰を振ったとき、熱い塊《かたまり》がふくれあがってきた。

「ああ、出そうだ。出すぞ」

「ぁああ、ください……わたしも、イクぅ……イク、イク、イッちゃう……いやあああああああああぁぁぁぁぁぁ！」

仁美がしがみついてきた。

しがみつきながらも、がくん、がくんと震えている。

痙攣する膣めがけて最後の一撃を叩き込んだとき、宏一朗も放っていた。

「ぁあああ……！」

吼えながら、ぴったりと下腹部を押し当てた。

密着して、迸るものを注ぎ込む。

それはまさに夢のような瞬間だった。

自分はやはり、ずっとこの女を求めてきたのではないか、とさえ思った。

打ち尽くして、すぐ隣にごろんと横になる。

すぐに、仁美がにじり寄ってきた。

「うれしい……」

耳元で囁く。

「夢のようだよ」

さらさらの髪を撫でると、仁美が胸板に顔をのせて、頬擦りしてきた。

第三章　古都での淫戯

1

翌日の午後、宏一朗はひとまずひとりで、日下部の工房を訪ねた。

すると、そこには作務衣《さむえ》を着て、長い髪を後ろでまとめた、色白でかわいらしい若い女性がいて、

「おこしやす。先生、お待ちになっておりますえ。なかへお入りやす」

京都弁でやさしく対応する。

(誰だろう？　工房のお弟子さんか？)

どこか、竹久夢二《たけひさゆめじ》の描く女を彷彿《ほうふつ》とさせる、感じのいい女性だった。年齢は二十代前半だろうか。工房のなかに入ると、お弟子さんが三人いて、忙しく立ち働いている。

例の女性は、応接室に通された宏一朗にお茶を出したりと、お手伝いさんのようなことをしている。

お茶を啜《すす》っていると、日下部登一がやってきた。作務衣を着て、頭に手拭いを巻いている。

宏一朗が丁寧に対応して、フェアへの出展をふたたび頼み込んでいると、日下部が言った。

「あんたも、半年前までは部長さんだったらしいな。役職定年というのは確実にあるんだな。たまらんだろうな、昨日まで部下だった者が上司というのは……」

「はい、かなりプライドをやられます。落ち込んで、自棄《やけ》になりかけました」

「わかるな、それは……その点、職人は定年がなくていい。もっとも、退職金がないから、働きつづけないといけないがな」

「先生には、作品があります。先生のお焼きになった陶器はずっと残ります」

「そうだな……本人が死ぬと、価格があがったりする。こっちは生きている間に評価をあげてほしいんだがね。死んでしまったら、いくら金が入っても、使えないじゃないか」

日下部が声をあげて笑った。どうやら、機嫌は悪くはないようだ。

その日下部が顎を撫でて言った。

「ところで、皆川さんはまだ現役なのか？」

「えっ……？」

「あっちのほうだよ。まだ、勃《た》つのかと訊いている」

「……まあ、一応、現役ですが……」

日下部の意図を図りかねるが、ここは事実を伝えた。現に昨夜、仁美を抱いたのだが、もちろん、それは言わない。

「じつはな……」

日下部が身を乗り出して、小声で言った。

「さっきお茶を淹《い》れた子、淑乃《よしの》と言ってな。二十二歳で、祇園《ぎおん》で舞妓《まいこ》をしている。今日は休みで、うちを手伝いに来てくれている」

「ああ、なるほど……雰囲気のある子だと思いましたが、舞妓さんですか……納得がいきました」

彼女が長い振り袖を着て、だらりの帯をつけ、結った髪に花簪《はなかんざし》をつけて、祇園の町を歩くところを想像しただけで、気持ちが華《はな》やいだ。

日下部くらいの重鎮なら、接待で花街のお座敷にも招待されるだろうし、また、自分でも舞妓や芸妓を呼ぶだろう。そこで、淑乃と知り合って、気に入ったに違いない。

「淑乃はな、俺のコレなんだよ」

日下部が右手の小指を立てた。コレは、女性、恋人であることを示す古くからのポーズである。

それがとても古い仕種《しぐさ》で、いささか滑稽であることを知りつつも、日下部はわざとやっているのだと感じた。

宏一朗はどう返せばいいのかわからず、驚いたような顔をしつつ、余計なことは言わなかった。

「恥ずかしい話だが、最近、どうもここの調子が悪くてな……」

日下部がちらりと自分の下半身を見た。

「どうすれば元気になるのかもわかっている。そこで、あんたに話がある……」

日下部が小声で口にしたその内容は、大いに宏一朗を戸惑わせた。

「淑乃を抱いてやってくれないか？」

宏一朗は唖然として、日下部をまじまじと見てしまった。

「ネトラレってわかるか？」

「はあ、だいたいは……」

「じつは、俺もそのネトラレらしい。つまり、淑乃が他の男とやって、感じているところを見ていると、ものすごく昂奮する。妙な趣味だろう？　あんなかわいい女をわざわざ他の男に抱かせて、悦ぶなんて……自分でもそう思うよ。だが、事実なんだからしょうがない。それで……あんた、淑乃の相手をしてやってくれないか？」

返答に困って、無言を貫いた。

「あんたは穏やかそうだが、やるべきときにはやる人だ。見ていてわかる。それに、淑乃が好きな男のタイプだ。昨日からそう思っていた。だから、あんただけをまず呼んだんだ」

日下部が顔を寄せてきた。

「承諾してくれるなら、仕事の件、Sデパートに出展もするし、取りやめた店にも出展するように言ってやろう。それで、どうだ？」

宏一朗の気持ちは決まった。

「……そういうことなら、ぜひとも……でも、淑乃さんは私が相手でよろしいんですか？　それが心配です」

「それなら、問題はない。さっき、本人に確かめておいた。あんたはタイプだそうだ。もともと、淑乃はオジサマが好きでな。あんたは典型的なオジサマだからな……ああ、そうだ。あんたの相棒の今宮仁美も待機させておいてくれ。大丈夫だ。スワッピングはしない。つまり、俺が彼女に手を出すことはない。安心しろ……では、夜の八時に東山にある私の家を訪ねてきてくれ。連れ合いはもう亡くなっていて、女中は離れにいるから……いいな？」

「はい。承知しました」

ここは受けるしか道は残されていない。

「頼むぞ」

日下部は立ちあがり、仕事場で土を捏ねはじめた。

2

夜、宏一朗は仁美とともに、東山にある日下部の家を訪ねた。

ホテルに戻って、仁美に事情を話すと、

『皆川さんがおいやなら、契約のために無理は絶対になさらないでください』

そう仁美は言ったが、それは建て前というやつで、内心は違うだろう。

『いや、契約のためなら何でもしますよ。それに、その淑乃という舞妓さんはとても素敵な人ですから、むしろ、ラッキーだと思っていますよ』

仁美の気持ちを楽にさせるために、宏一朗はそこを強調した。

『それに……きみも呼ばれているんだから、協力してもらうこともあるかもしれない』

『……はい。わたし、何だってしてします』

『契約のためだ。多少のことはお互い我慢しよう』

『はい……でも、また皆川さんに尻拭いをしていただくことになってしまいますね』

『大丈夫ですよ。今宮課長をアシストするのが俺の役割ですから』

『すみません』

宏一朗は昨夜、仁美を抱いてよかったと思った。そうでなければ、仁美だってこの尋常でないやり方には反対したかもしれない。

二人は時間を見て、ホテルを出て、東山にある日下部の家に向かった。

そこは、数寄屋造り風の日本家屋で、広い庭があり、隅々に日下部の美意識が張りめぐらされていた。

すでに女中はいないようで、浴衣《ゆかた》姿の日下部が出てきた。

そして、二人を一階の部屋に通す。

襖で区切ることのできる二間つづきの広い和室で、両方の部屋にすでに布団が敷いてあった。

驚いたのは、奥の部屋で、赤い襦袢《じゆばん》を着た淑乃が両手を前のほうでひとつにくくられて、正座していたことだ。すでに、緋《ひ》襦袢の上はもろ肌脱ぎにされていて、真っ白な乳房がまろびでていた。

「おいでやす。こんな姿で恥ずかしいわぁ。よろしうお願いします」

二人に向かって、淑乃が深々と頭をさげた。

「ああ、はい。こちらこそ、よろしくお願いします」

そう答えながらも、宏一朗は魅入られたように、淑乃の姿から視線を外すことができなかった。

結髪が解かれて、ゆるやかな曲線を描く長い髪が垂れ落ち、淑乃の顔を半分隠していた。

膝の上に置かれた左右の手首は、帯揚げだろうか、ふわっとした珊瑚色の布でひとつにくくられている。その腕に挟まれるようにして、想像以上にたわわな白い乳房がのぞき、薄いピンクの乳首がツンと頭を擡げていた。

「悪いが、皆川さんだけ来てくれないか？　あんたはここで待機していてくれ」

日下部は仁美に命じて、宏一朗を和室に招き入れ、襖を閉めた。

八畳の密室ができて、宏一朗が呆然として立っていると、日下部が淑乃の後ろにまわった。

淑乃の両腕をあげさせ、頭の後ろにまわす。

そして、あらわになった乳房を両側からつかんで、ぐいぐいと揉みしだき、

「どうだ、皆川さんにオッパイを見られるのは？　お前はこの人がタイプだと言っていた。そんな男に恥ずかしい姿を見られて、どうなんだ？」

日下部が問うと、

「……恥ずかしいわ。見いでおくれやす」

淑乃がちらりと宏一朗を見あげて、頰を赤く染める。

そのはんなりした京都弁が、宏一朗をかきたてる。

「皆川さん、あんたも服を脱いでくれ」

日下部が言う。

すでにイチモツは力を漲らせつつあって、宏一朗のほうも見られるのは恥ずかしい。

しかし、ここは商談のためにやらなければいけない。

宏一朗は着ているものを脱いで、下着姿になった。日下部に下着も脱ぐように言われて、全裸になる。

密林からイチモツが頭を擡げていて、思わず覆うと、

「そこを隠してはいかん。その座布団の上に胡座《あぐら》をかいて、しばらくは見ていてくれないか？」

日下部が言う。

宏一朗はそのとおりにすることにして、座布団に胡座をかいた。

そのいきりたつものに淑乃がちらりと視線をやるのを見たとき、どういうわけか、分身が本格的に力を漲らせてきた。

日下部は背後から、淑乃の丸々とした乳房を揉みしだき、耳元で何か囁いた。

いやっというように、淑乃が首を左右に振って、耳を真っ赤に染める。

お椀形のふくらみの中心を、日下部が指でくりくりと転がしはじめた。そして、耳元で何か語りかけつづけている。

淑乃はいやいやをするように首を振っていたが、やがて、宏一朗の股間のものに視線を釘付けされたように、いきりたつものをじっと見つめてくるのだ。

その間、日下部は何か囁きながら、乳首をくりくりと転がしている。

「あああ……これ、いやどす。かなわんわ……ぁあああ、ああああぅぅ」

淑乃が京都弁をつかいながら、顔をのけぞらせた。

日下部から、淑乃は大阪出身で生粋の京都生まれではないから、時々、おかしな京都弁をつかうと聞いていた。

淑乃は高校を卒業して、一人前の芸妓になりたくて舞妓をしながら、今も徹底的に舞いや小唄などの芸を学んでいるところだという。もう一年頑張れば、舞妓から一人前の芸妓となれるらしい。

日下部が燃えるような緋襦袢の裾を左右ともはだけたので、真っ白な太腿があらわになった。

女座りになっている太腿の奥に、日下部が後ろから手を差し込んだ。わずかに見える陰毛は長方形に手入れされていて、その漆黒の翳《かげ》りの底を日下部の指が這う。

「ぁあああ、あきまへん……いやどす、いや……ぁあああうぅぅ」

「ええか、どうや？」

日下部の言葉がいつの間にか関西弁に変わっていた。

「ええわ……気持ちええ……ぁあああ、あんさんのおチンポが欲しい。欲しうてたまらん……」

淑乃が後ろ手に、日下部の股間をいじっているのがわかった。

「相変わらず、インランなおなごやなぁ。竹久夢二の女のような顔をしとるのに、いざとなると好きもんや……そうら、股を開いて、皆川さんにお見せせんか！」

日下部に命じられて、淑乃が膝を立て、おずおずと股を開きはじめた。

ちらりと宏一朗を見て、いやいやをするように首を振る。そうしながらも、膝は確実にひろがっていき、とうとう太腿の奥の翳りがはっきりと見えた。

「皆川さんにもっとよく見えるように、オメコを開きなさい。ほら！」

日下部に言われて、淑乃はひとつにくくられた両手を前に戻してから、指を女陰に添えて、静かにひろげた。

左右の肉びらが割れて、サーモンピンクのぬめりがぬっと現れる。

（ぁあああ、……きれいな色をしている。しかも、ぬるぬるだ！）

淑乃は恥ずかしいことを強要されながらも、心身が昂っているのだと感じた。そうでないと、こんなに濡れないだろう。

それを感じた途端に、宏一朗の分身はギンと力を増した。

「ふふっ……ほらな、皆川さんも悦んでくださっておる。オメコを指で擦りなさい。自分でするところを見せてあげなさい」

「ぁああ、見いでおくれやす……ぁああ、ああああうぅぅ」

淑乃のほっそりとした指が狭間をなぞり、そこから、ネチッ、ネチッという淫靡な音がしはじめた。

「本当に好きもののおなごやなぁ。そうら、乳首がびんびんになっとる。カチンカチンやなぁ……これがええんやろ？　淑乃はこうされると、ええんやな」

日下部が左右の乳首を指でくりくりと転がすと、淑乃はいっそう激しく女陰の谷間を擦りながら、

「ぁあああ、ええんよ……気持ちええ……ぁあああ、たまらんなぁ」

白足袋《たび》に包まれた親指を反らしたり、反対に折り曲げたりする。

白粉《おしろい》を塗ったように色白のつやつやの肌、腰にまとわりつく緋襦袢、翳りの底を激しくいじる指と、反りかえる白足袋の親指……。

気づくと、宏一朗も胡座をかきながら、股間のいきりたちを握っていた。

ゆっくりとしごくと、それを見た日下部が淑乃の耳元で囁き、淑乃が顔をあげて、宏一朗が肉柱をしごくところに視線を留めた。

「ギンギンやなぁ……あれが欲しいだろ？」

「はい……欲しい。ほんまに欲しいわ」

「あれは、俺のものじゃないぞ。他の男のチンコだぞ。それでも欲しいのか？」

「あんさんのがいちばんや。けど、勃たんのやからしょうがあらへん……そうでっし

やろ？」

「……まだ舞妓のくせに、言うことは一人前やな。ええで、皆川さんにかわいがってもらえ。そうしたら、ワシのもきっと勃つ」

日下部が言って、

「皆川さん、頼むわ。淑乃をたっぷりとかわいがってやってくれ」

淑乃から離れ、宏一朗を布団にあげた。

3

腕の縛りを解かれた淑乃は緋襦袢を脱いで、シーツの上に敷き、その上に裸身を横たえた。正確には全裸ではなく、白足袋だけを履いている。

その若々しく、生々しい肉体に見とれた。

燃えるように赤い緋襦袢と、白い裸身の対比が官能的だった。

唯一つけている白足袋が、この女が祇園の舞妓さんであることを伝えてきて、それだけで気持ちが昂る。

キスをしようとして、視線を感じ、ちらりと横を見た。

一メートルほど離れた座布団に、浴衣を着た日下部が胡座をかいて、じっとこちらを見ている。

(本当に、いいんですか？)

という顔で見ると、日下部はいいんだ、とばかりに大きくうなずいた。

(こうしたほうが、日下部は昂奮するんだから……)

覚悟を決めて、赤い口紅にぬめる小さな唇にキスをし、慈《いつく》しむような接吻をつづけた。ディープキスはせずに、キスを顎から首すじへとおろしていく。

するると、淑乃は敏感に応えて、

「あっ……あっ……」

顔をのけぞらせて、あえかな声を洩らす。

やはり、感じやすい身体をしている。

(すごいな。自分のご主人様がいるのに、快感を隠そうとしない……)

白絹のような光沢のある肌は若々しくすべすべで、お椀形の乳房が隆起している。抜けるように白い乳肌も薄く張りつめて、そこから青い血管が根っこのように走っているのが透けて見える。

柔らかく揉みあげながら、乳首にしゃぶりついた。

薄いピンクの突起を上下左右に舐め、かるく吸った。徐々に強く吸っていくと、

「ぁあああ……お願いおす。そんなにつよう吸わんといて……ぁああ、あかん……あんあん、ぁああうぅぅ」

淑乃が指を口許《くちもと》に持っていった。手の甲で口をふさいで、必死に声を押し殺している。

宏一朗は尖った顎の先を見ながら、乳首を吸い、吐き出して、舌で転がす。

左右の乳首は痛ましいほどに硬く尖ってきた。右の次には左と、乳首を舐め転がすうちに、淑乃の身悶えが激しくなった。

いつの間にか、左右の長い太腿をすりすりと擦り合わせている。

たまらなくなって、宏一朗は乳首を舐めながら、右手をおろしていく。太腿の奥に指を忍ばせると、

「あっ……！」

むっちりとした太腿がぎゅうと締まってくる。

その太腿を開かせて、さらに奥に指を差し込むと、ぬるっとしたものがまとわりついてきた。

（ああ、こんなに濡らして……！）

驚きながらも昂奮して、狭間を指でなぞった。

するとと、おびただしい蜜のあふれた粘膜が指にからみついてきて、表面の指を内側へと手繰り寄せようとする。

（すごい、オマンコだな。京都では、オメコかオソソかどちらかだったな。さっき二人はオメコと言っていた）

宏一朗はあるAV男優がやっていたのを真似て、中指の腹で膣のあたりをつづけざまに叩いてみた。

すると、ねちっ、ねちっという音とともに、粘膜が吸いついてきて、それが持ちあがってくる感覚がたまらない。

そして、淑乃は焦れたのか、腰を持ちあげ、左右に揺する。

宏一朗はしばらくそのままで二箇所攻めをつづけた。

左右の乳首を舐め転がし、吸いながら、膣やクリトリスを指で愛撫する。

つづけているうちに、淑乃はもう我慢できないとでも言うように、下腹部をせりあげて、

「ああ、意地の悪いお人や……欲しいわ。あんさんのこれが欲しい」

淑乃は右手をおろして、宏一朗のいきりたちをつかんだ。

(おしゃぶりしてほしい。しかし、日下部はどうなのだろう?)

ちらりとうかがうと、日下部は、いいぞ、とばかりに大きくうなずいた。

ならばと、宏一朗は緋襦袢の敷かれた布団の上に立った。

「頼みます」

半勃起したものを突き出すと、淑乃が膝でにじり寄ってきた。

長い黒髪をかきあげて、おっとりした顔をのぞかせて見あげながら、少し顔を傾けて、亀頭部にちろちろと舌を走らせる。

イチモツがぐんと頭を擡げてきた。

これを待っていたとでも言うように、淑乃は下から裏筋をツーッと舐めあげてくる。

「くっ……!」

ぞわっとした戦慄が走り、イチモツがびくんと頭を振った。

その動きを感じたのだろう、淑乃がまた黒髪をかきあげ、笑顔で見あげてきた。

(ああ、かわいいし、どこか頼りない感じがいい)

宏一朗は魅了されてしまう。

淑乃はいきりたちを腹部に押しつけて、裏側をにゅるにゅるっと舐めてくる。舌が徐々にさがっていって、ついには皺袋にも届いた。

顔を横向けて、皺袋を丹念に舐めてくる。

その間も、本体がふにゃっとならないようにと、肉棹の先のほうを握りしごいてくれる。

（献身的だ。きっと、日下部に仕込まれているんだろうな……）

日下部によれば、淑乃は今、祇園でいちばん売れっ子の舞妓らしい。そのナンバーワン舞妓がお座敷に顔を出したことのない自分ごときのおチンチンを一生懸命にしゃぶってくれているのだ。

お座敷に顔を出す常連客たちに申し訳ない。

しかし、これは自分の快楽のためではなく、ビジネスのためであり、偉い先生のためにやっているのだから、と自分の罪悪感を打ち消した。

淑乃は裏筋をツーッと舐めあげてきて、包皮小帯を集中的に舌で刺激する。そうしながらも、皺袋をやわやわとお手玉でもするようにあやしてくるので、宏一朗のボルテージはどんどんあがっていく。

海綿体がぎりぎりまでふくらむのを見計らったように、淑乃が頬張ってきた。

まずは途中まで咥えて、なかで舌をねろねろとからませてくる。

舌の動きが活発なのだろう。淑乃の舌が勃起の裏のほうをねぶってくるのがわかる。

それから、淑乃はチューッと肉棹を吸い込んだ。

吸い込みながらおちょぼ口にして、丸めた唇で勃起を擦ってくる。

根元から亀頭冠にかけて、ゆっくりと着実に唇でしごかれると、じわっとした快感がひろがってくる。

(おおぅ、上手だ。口が小さいから、頰張られるだけで締めつけ具合がちょうどいいんだな……しかし、口が小さいということは奥も浅いということだから、深くは咥えられないのではないか?)

最初はそう思っていたが、すぐに覆《くつがえ》された。

淑乃が一気に根元まで頰張ってきたのだ。しかも、両手で宏一朗の腰をつかんで、ぐっと自ら引き寄せている。

陰毛に唇が接しているのがわかる。

自分のイチモツはまあ標準サイズだが、こんなに深く咥えたら、喉を突かれて苦しいはずだ。えずかないほうがおかしい。

しかし、淑乃は丸ごと口に呑み込みながらも、必死にえずくのをこらえている。

それから、ゆっくりと顔を振りはじめた。

それも、根元から切っ先まで大きくすべらせる。これだけ大きくスライドされると、宏一朗もぐっと快感が高まる。

「おおぅ、ぁあああ、たまらない」

思わず言うと、淑乃は頬張りながら宏一朗を見あげて、にっこりする。

そして、少しずつストロークのピッチをあげていった。

小さな口がずりゅっ、ずりゅっとイチモツにまとわりついてきて、おそらく舌もつかっているだろうそのからみ具合がひどく気持ちいい。

宏一朗は仁王立ち状態で、天井を仰いだ。

目を閉じると、甘い快感が急激にひろがってくる。

そのとき、肉茎を何かが握ってきた。それは、淑乃の右手の指であり、根元をぎゅっとつかんで、しごきながら、調子を合わせて唇を往復させるのだ。

(ああ、これは……!)

根元を強く握りしごかれるだけでも、その圧迫感が気持ちいいのに、さらに、そこに敏感な亀頭冠を柔らかな唇と舌で摩擦されると、えも言われぬ快感がぶわっとふくらんできた。

「ああ、ダメだ。出てしまう」

思わず訴えると、淑乃はちゅるっと吐き出して、自分から布団に仰向けになり、

「欲しい。ええんよ。あんさんのおチンポが欲しい。来て、来て」

両手を差し出して、宏一朗を誘ってくる。

(本当にいいんだろうか?)

そういう気持ちを込めて、日下部を見た。

すると、日下部はこくんとうなずく。その手は自らのイチモツを握りしめている。

(じゃあ、入れるぞ。あとで文句は言わないでくれよ)

宏一朗は片方の膝をすくいあげて、もう一方の手で勃起を恥肉に導いた。なぞると、ぬるっ、ぬるっとすべって、いかに女の亀裂が濡れているかがわかる。

じっくりとイチモツを沈ませていく。

枕に散った黒髪の乱れようと、その中心にある小顔だがやさしげな顔を見ながら、じっくりとイチモツを沈ませていく。

分身がとても窮屈なところを押し広げていく確かな感触があって、

「ぁあああぁ……!」

淑乃が顔をのけぞらせた。

(ああ、狭い。それに、ぎゅうっと締まってくる!)

宏一朗は舞妓のオマンコの具合の良さに酔いしれる。

じっくりといきたい。だが、膣肉の誘うようなうごめきが、じっとしていることを許さなかった。

気づいたときには腰をつかっていた。

両方の膝裏をつかんで、持ちあげながら開かせる。

そうして、結合部分を剝きだしにしておいて、屹立をえぐり込んでいく。

この姿勢は結合が深くなる。

切っ先が肉路を押し広げながら、奥のほうに届く実感があって、それに応えた淑乃が、

「あっ……あっ……ぁあああ、奥を突いてくる。堪忍《かんにん》や、堪忍え」

淑乃のつかった『堪忍』という古い言葉が、宏一朗を駆り立てる。

「ダメだ。堪忍しないからな。そうら、もっと奥を突いてやる」

日下部登一の視線は気になる。しかし、結合して相手が感じてくれると、だんだん他人のことは気にならなくなった。

つづけざまに突くと、

「あっ、あんっ、ぁああん……」

淑乃は両手を万歳の形であげて、たわわな乳房をぶるん、ぶるるんと縦揺れさせながら、愛らしい声をあげる。

宏一朗の目の前には、白足袋に包まれた足があって、それが、この女がいつもはお座敷でお客相手に舞いを踊ったり、余興をしている舞妓であることを伝えてくる。

ちらりと横を見ると、舞妓の裾引きを身につけた淑乃の写真が壁にかかっていた。結髪に花簪をつけて、褄《つま》を取った淑乃がにっこりと微笑んでいる。

（そうか……きっと、日下部はこの写真を横目に見ながら、淑乃を抱いているんだろう）

日下部の気持ちはよくわかる。宏一朗もその写真を目にして、いっそう昂奮が高まった。

そこで、ふと淑乃をバックから突きたくなった。

かわいらしい舞妓を四つん這いにして、後ろから攻めたくなったのだ。

宏一朗はいったん結合を外して、淑乃を赤い長襦袢の上に這わせた。

真っ白な桃尻が健康的に張りつめている。

ほどよくくびれたウエストをつかんで、屹立を押し当てて、じっくりと埋め込んでいく。一度侵入を許した女の筒は容易に男のシンボルを受け入れて、宏一朗の分身はぐぐっと奥まで届き、

「ぁあん……！」

淑乃が顔を撥ねあげ、背中を反らせた。

やはり、この格好でも膣は窮屈で、蕩けたような粘膜がざわめきながらからみついてくる。

これで、まだ二十二歳だと言うから、成熟したらどれほどの名器になるのか？

宏一朗は両手で腰をつかみ、引き寄せながら、ゆっくりと抽送《ちゅうそう》を繰り返す。

あまり強く打ち据えないで、途中までの余裕を持ったストロークをつづけていると、

「ぁああん……ねえ、もっと、もっと深うおくれやす……」

淑乃が京都弁でねだってくる。

これを待っていた。

宏一朗は期待に応えて、ぐいと腰を突き出した。すると、切っ先が奥のほうまで潜り込んでいって、

「うあっ……」

淑乃がハの字に開いた足をぴょこんとあげて、敷かれた緋襦袢を鷲づかみにした。

宏一朗も昂っていた。

つづけざまに腰をつかうと、淑乃は突きに応えて、

「あんっ……あんっ……あんっ……！」

華やいだ声をあげる。

「本気で感じているな」

声のほうを振り向くと、日下部が近づいてくるところだった。

そのとき、宏一朗は見た。それまで何をしても勃起しなかったイチモツがぐんと頭を擡げているのを。

(そうか……やはり、この人は愛する女性が他の男に嵌められて、あんあん喘ぐのを見ていると昂奮するんだ)

宏一朗には理解しがたい感情だった。だが、人それぞれである。とくに、日下部のように七十六歳にもなって、イチモツが言うことを聞かなくなると、嫉妬のような強い感情がないとエレクトできなくなるのかもしれない。

日下部は淑乃の前にまわって、黒髪をつかんで顔を引きあげ、

「このインランおなごが。今日逢ったばかりの男に抱かれて、あんあん声をあげやがって……淑乃は俺ではなく、他の男に貫かれても気持ちいいんだな？　どうなんだ、答えろ！」

詰問した。すると、淑乃が言った。

「はい……気持ちいいんです。わたし、ダンナ様ではない人に貫かれても、気持ちえ

えんどす」
「この売女《ばいた》が！　そういうおなごは、こうしてやる。そうら、口を開けろ」
日下部が半勃ちのイチモツで口を割ると、淑乃がそれを頬張る。
まだ完全勃起していないのに、日下部のそれは大きかった。淑乃は口が小さいから
これを咥えるのは大変だろう。
しかし、いっぱいに口を開けて、イチモツを頬張っている。
もっと咥えやすいようにと、日下部が足を開いて、尻を床につけた。
このほうが角度的にフェラチオしやすいのだろう、淑乃が自分から顔を振りはじめ
た。
いっぱいに頬張った肉柱に唇をすべらせ、ジュルルッと唾音を立てて、吸い込んだ。
その姿に見とれていると、日下部が言った。
「あんた、何をしているんだ。がんがん突いてやれ。手加減するな」
うなずいて、宏一朗は腰を引き寄せ、ゆっくりと屹立を打ち込んでいく。
つづけていると、淑乃は打ち込みに合わせて、日下部の肉柱を頬張り、ジュルルッ
と唾音を立てる。さらには、
「んっ、んっ、んんんっ……んんんんんんっ」

苦しげに呻きながらも、一生懸命にイチモツに唇をかぶせ、スライドさせていく。

それを見ているうちに宏一朗も昂奮してきて、ついつい強く打ち据えてしまう。

ぐん、ぐんと力強くえぐり込むと、咥えていられなくなったのか、淑乃は肉棹を吐き出して、

「ぁああ、ええんよ……あんっ、あんっ、あんっ……」

淑乃がオーバーに快感をあらわにした。

それを聞いた日下部の表情が変わった。

「替わってくれ」

立ちあがって、後ろにまわってきたので、宏一朗は結合を外した。

日下部のイチモツは隆々として、その野太い姿を見せている。さすがに上方に向かうことはないが、それなりに勃起していた。

淑乃の後ろに膝を突き、太い肉柱を添えて、慎重に腰を入れていく。

「おおぅ、入ったぞ。どうだ、淑乃。何がどこに入っている。言いなさい」

「はい……ご主人様の大きなおチンポが淑乃のオメコに入っています」

淑乃が答える。

「うれしいだろ？　ひさしぶりだものな」

「はい……うれしい。ぁあああ、登一はんのマラ、太うて硬いわ……ぁああ、突いて。突いておくれやす。淑乃のオソソを突いておくれやす」

「そうら、突いてやる」

日下部が髪を乱して、一心不乱に怒張を打ちつけている。

「あん、あん、あんっ……ぁああ、太いわぁ。登一はんのマラ、太くて気持ちぇえ……ぁああ、気持ちええ……あん、あん、あんっ……」

淑乃が艶めかしく喘ぐ。

そのとき、日下部が言った。

「あんた、襖を開けて、隣で今宮さんを抱きなさい」

「えっ……いや、それは……」

「わかっとるんやで。ワシの目は節穴じゃない。あんたら、出来とるだろう？　とにかく、隣の部屋で彼女を抱きなさい。そうしないと、ワシのものはすぐにふにゃんとなってしまう。あんたらがするところを見て、ワシらも昂奮するんだ。早く！」

日下部に命じられて、宏一朗は隣室との境の襖を開けた。

4

仁美はこちらに背中を向けて、布団の上に横座りしていた。

「聞こえていただろ？　そういうことだ。脱いでくれないか？　割り切ってくれ。きみ自身のためになることなんだ」

声をかけると、仁美はもう覚悟ができているのだろう、こくりとうなずいて、立ちあがった。

服を脱ぎ、スカートをおろした。

シルクベージュ色のブラジャーを外し、同色のパンティを背中を向けたままで脱いで、立ち尽くしている。

宏一朗がちらりとうかがうと、日下部が言った。

「こちらに向いてもらって、あんたが好きなようにこの人をかわいがってあげなさい。ワシたちはそれを見ているだけで昂奮するんだ。わかるな？」

「はい……」

宏一朗はうなずいて、仁美を隣室に正面を向く形で布団に座らせた。

隣室の赤い長襦袢の敷かれた布団の上では、今も四つん這いになった淑乃を、日下部が後ろから貫いている。二人ともこちらを向いているので、お互いの顔を見ることのできる位置関係である。

宏一朗は後ろにしゃがんで、ほぼ正座した仁美の乳房を背後から揉みしだき、頂上の突起を指で捏ねる。

驚いた。

乳首はまだ触る前から、硬くしこっていた。

（そうか……見えなくても、耳を澄ましていれば何が起こっているか、わかるはずだ。そして、仁美はその行為を想像しながら、昂っていた……）

確かめたくて、右手を太腿の奥へとすべり込ませた。

濡れていた。

最初は湿った感じだったが、強く触れると、ぬるっと肉びらが割れて、しとどに濡れた粘膜が指にまとわりついてきた。狭間をなぞると、ぬるりっとすべって、

「あうぅぅ……」

仁美が洩れかけた喘ぎ声を手で口をふさいで、押し止めた。

だが、宏一朗が片手で乳房を揉みしだき、もう一方の手指で濡れ溝をさすりあげる

と、こらえていた喘ぎがこぼれた。

「ぁあああ、ああ、いやっ……恥ずかしいわ」

「見られているから?」

「ええ……」

宏一朗は耳元で囁いた。

「どうせなら、愉しもう。そのほうが得だよ。そう思ったんだ。セックスは愉しんだ者勝ちだよ」

心からの声とは言えないが、そう説《と》いたほうが、仁美が楽になって乗っていけると考えたのだ。それに、幸い、仁美は昨夜、何年かぶりのセックスを、宏一朗としている。

「ほら、足を開いて……」

仁美はいやいやをするように首を振ったが、やがて、おずおずと膝を開いていった。

「ぁああ、恥ずかしいわ」

「いいんだ、それで……ほら、仁美も二人を見ればいい。見なさい」

叱咤すると、仁美は視線を隣室の二人に向けて、凍りついた。

隣室の布団では、こちらを向いて座っている日下部の股間に淑乃がまたがり、対面座位の格好で腰をグラインドさせていた。

　真っ白な尻が今はところどころ赤くなって、その尻を前後に揺すって、淑乃は日下部の分身を擦りあげ、締めつけている。

「ぁあああ、ええんよ。気持ちええ……ぁあああ、硬い。あんさんのおチンポ、カチンカチンどすえ……ぁあああ、ああうぅぅ」

　淑乃のぎこちない京都弁が聞こえる。

　それを見て、聞いて、宏一朗もいっそう高まった。

　太腿の奥に届かせた指で濡れ溝をさすり、叩くと、

「ちゃっ、ちゃっ、ちゃっ」

　卑猥な粘着音が響いて、

「ぁあああ、いいの……恥ずかしいけど、気持ちいい……ぁあああ、宏一朗さん、もっと……わたしを何も考えられないようにメチャクチャにして。お願い……」

　仁美がそう言って、自分から下腹部を擦りつけてくる。

　宏一朗も我慢できなくなって、仁美の前に立った。

　すると何をすべきなのかわかったのだろう、仁美が正座の姿勢から腰を浮かせて、いきりたっているものを頬張ってきた。

もう欲望がぎりぎりのところまで来ているのだろう、前夜より性急に怒張を頬張り、激しく唇をすべらせる。

いったん吐き出して、姿勢を低くした。何をするのかと見ていると、仁美は股の下に潜り込むようにして、皺袋を舐めた。

丁寧に舌を走らせ、次には頬張ってきた。

(これは……!)

睾丸を舐められたことはあるが、丸ごと頬張られたのは初めてだった。

それだけでも衝撃なのに、それをやっているのが、真面目で通っている今宮仁美なのだ。

仁美は口に片方の睾丸をおさめて、ねろりねろりと舌をからませてきた。

特殊な感覚に宏一朗はすくみあがる。肉体的な感覚よりも、精神的に尽くされているという悦びのほうが大きい。

しかも、それを仁美は二人の前で、披露しているのだ。

きっと、仁美にも対抗意識のようなものがあって、それが彼女を大胆にさせているのだと思った。

仁美が睾丸を吐き出して、また、イチモツを頬張り、唇と手指で大きく激しくしごいてくる。

「ぁあぁ、出そうだ。いいよ、ありがとう……このまま仰向けに」

宏一朗は仁美を布団に仰臥させて、膝をすくいあげた。

イチモツを押し当てて、めり込ませていく。

昨夜、同じものを受け入れた仁美の体内は、それを歓迎するかのようにうごめいて、肉棹にからみついてくる。

「ぁあああ……いい。宏一朗さんのおチンチン、気持ちいい」

仁美が言う。おそらくこれもあの二人を意識して言っている。持ち前の負けず嫌いがこういうところにも出るのだろう。

宏一朗は膝を開いて押さえつけて、イチモツを打ち込んでいく。

上から打ちおろして、途中からすくいあげる。それを繰り返していると、仁美の様子が逼迫してきた。昨日もそうだったが、昨夜以上に早い。

待たされて、想像し、そして、今二人の前で貫かれて、心身ともに昂っているのだろう。

えぐり込んでいると、

「ぁあぁ、気持ちぇえ……」

淑乃の声が聞こえてきた。ハッとして見ると、淑乃が日下部の太鼓腹《たいこばら》にまたがって、上になり、腰を振っていた。

淑乃はこちらをもろに向いている。

「あんた、今宮さんにまたがってもらえ。女同士でお互いを見ながら、腰を振らせたい。どうだ、いい考えだろう？」

日下部がまさかのことを言う。

(女同士で向かい合わせて、腰振りを競わせるなんて、何て意地が悪いのだろう？しかし、興味深くもある)

仁美がこちらをうかがってくる。宏一朗はうなずいて、結合を外す。

ごろんと仰向けに寝て、

「やって」

と、仁美に言う。

仁美はうなずいて、下半身にまたがってくる。いきりたつものを翳りの底に擦りつけて、慎重に沈み込んできた。イチモツが熱い祠《ほこら》を押し広げていくと、

「ぁあああ……！」

艶めかしく喘いで、顎をせりあげた。

それから、おずおずと正面を向く。きっと、淑乃と視線が合ったのだろう、恥ずかしそうにうつむいた。

それでも、負けず嫌いの血が騒ぐか、仁美はおずおずと腰を振りはじめた。

最初はゆっくりだった腰振りが徐々に速く、激しいものになって、

「ぁああ、たまらない……いいのよ。おかしくなる。わたし、おかしくなる……ぁあ、ぐりぐりしてくるの」

そう言って、今度は後ろに手を突き、のけぞるようにして腰を前後に揺すりあげる。くいっ、くいっという鋭い腰づかいがたまらなくいやらしかった。そのとき、

「ぁあああ、ええんどす。あんさんのおチンポがお臍まで届いてる……ぁああ、突きあげてきた。堪忍……堪忍どすえ……ぁあああうぅぅ」

仁美に対抗するように、淑乃の声が聞こえた。

宏一朗は頭を隣室に向けて仰臥しているから、残念ながら淑乃の腰づかいは見えない。それでも、その艶めかしい声だけで、気持ちが昂る。

宏一朗も負けじと、腰をせりあげて、屹立を叩き込んだ。

ぐんっ、ぐんっと切っ先が子宮口を打って、

「あっ……あんっ……あんっ……ぁああ、当たってるぅ」

仁美が生々しい声を出して、

「……ええの、ええんどす。堪忍や……もう堪忍どすえ……ぁあああ、イッてしまう。イッてしまう」

頭の向こうから、淑乃のさしせまった声が聞こえる。

きっと、今二人は向かい合う形で、それぞれの男の上になって、双方には負けまいと必死に腰を振り、声をあげているのだろう。

「おおぅ、出そうだ。淑乃、這ってくれ。隣を見る形で這うんだ……皆川さん、あんたも今宮さんを……」

日下部の声がする。

(そうか……最後は女同士がお互いを見られる形で、男がバックから突きながらイカせるんだな)

日下部の顔を正面から見るのがいやだが、なるべく見ないようにして、淑乃と仁美に注意を向ければいい。

「頼むよ」

言うと、仁美もすでに昂奮の真っ只中にいるのだろう、いったん結合を外して、自分でゆっくりとシーツに四つん這いになった。

宏一朗もその真後ろについて、いきりたつものを打ち込んでいく。

「うあっ……！」

仁美ががくんと頭を撥ねあげて、のけぞった。

その向こうに、日下部が淑乃をバックから犯している姿が見える。

この体勢なら、隣室での行為をすべて見ることができる。

日下部のロマンスグレーの髪は乱れ、はっ、はっ、はっと荒い息づかいをしながら、太鼓腹を激しく尻に向かって、叩きつけている。

そして、淑乃は赤い長襦袢をつかみ、顔をあげてこちらを見ながら、

「あんっ……あんっ、あんっ……」

顔に垂れかかった長い黒髪の間から、どこかとろんとした潤みきった瞳を向けている。

そして、宏一朗がひと突きするたびに、仁美も同じように、

「あんっ、あん、あんっ……」

と、喘ぐ。

まさしく、喘ぎの競演だった。

もちろん、こんな異様なことは初体験だった。

夫婦交換をしているわけではないから、スワッピングとは呼ばないだろう。しかし、お互いのカップルがまぐわっているところを見せ合っているわけで、これはこれでそう体験はできないことだろう。

男も女も妙に昂奮している。

やはり、人は見られると、いつも以上のパワーが引き出されるのだろう。

意外だったのは、仁美だ。

前夜のセックスでM的な感性を秘めていると感じたが、今、仁美が昨夜以上に燃えているのは、M性のせいなのか、それとも負けず嫌いがそうさせるのか。

それでも、女課長が高いプライドをかなぐり捨てて、他人の前で、バックから犯されながら、あんあん喘ぐ姿はとても新鮮で、宏一朗自身もいっそう昂るのだった。

仁美も淑乃も後ろから犬のポーズで打ち込まれて、大きく喘ぎながら、時々相手の女性をうかがいつつ、負けじと喘ぎ声をあげる。

(ああ、締まってくる。俺もそろそろ射精しそうだ)

他人に見られているというせいか、昨夜より、膣の締めつけが強い。ぎゅ、ぎゅっと窄まりながら、侵入者を内側へ内側へと吸い込もうとする。

それをされると、年齢のせいで鈍くなったペニスが感覚を取り戻して、徐々に快感の風船がふくらんできた。

「ねえ、イキそうなの……ゴメンなさい。わたし、もうイクかもしれない……」

仁美が顔をねじって、訴えてきた。

「いいぞ。イッて……俺も出そうだ」

二人が会話を交わしていると、同じような会話が向こうのカップルでも行われていた。

「もう堪忍……イクえ、もうイクえ……」

「助平な舞妓はんやな。はんなりした顔をしとるのに、貪欲なオメコをしとる。イキなさい。ワシも、ワシも出そうだ……」

「ぁああ、欲しい。登一はんの精子が欲しい……！　あん、あん、あん……」

日下部と淑乃もさしせまっているのを知って、宏一朗もフィニッシュに向かう。

後ろから腰を引き寄せ、たてつづけに強いストロークを叩き込んだ。

「あん、あんっ、あんっ……ぁああ、イクわ、イク……イク、イク、イッちゃう……！」

「イケよ。そうら……俺も出すぞ」

宏一朗は最後の力を振り絞って、腹を打ち据えた。

パチン、パチンと派手な音が立って、下腹部で熱い塊がふくれあがった。それがパンパンになって、もう限界というときに、

「イキます……いやぁぁぁぁあああああ！　あはっ……！」

白い背中をがくんがくんと躍らせて、仁美が昇りつめていった。それを待っていた宏一朗も自制心を解き放って、つづけざまに突く。

最後にぐいとえぐりたてたとき、精液が一気に駆けあがってきて、切っ先から放たれた。

圧倒的な放出感に、自然に腰が痙攣している。

（あああ、天国だ……！）

間欠泉《かんけつせん》のようにしぶく快感に身を任せていると、

「おおぅ、行くぞ！」

日下部の唸り声が聞こえ、つづいて、

「イクぅ……やぁああああぁぁぁぁ……くっ！　くっ！　あっは……」

淑乃が昇りつめていくときの声を放ち、その歓喜に満ちた絶頂の声を宏一朗は至福のなかで聞いた。

第四章　謝礼はベッドの上で

1

Sデパート催事場で行われた京都工芸品フェアは、日下部登一の全面協力もあって、成功裏に終わった。

一昔前は、催事場の企画が終わると、打ち上げ会が行われたものだが、上からのお達しがあって、現在、打ち上げ会は行われていない。

それに、明日からは次の催事場での企画『クッキー・フェア』の準備を進めなくてはいけない。

それでも、一段落ついたときは、一度、気持ちを解放してリセットをしたいものだ。

宏一朗もそうだが、それ以上に仁美はそうに違いない。

京都工芸品フェアが閉幕したその夜、仁美が二人での打ち上げ会を望んでいることがその雰囲気でわかった。

呑み食いしてから、ホテルでベッドイン――。

その流れを考えて、仁美を誘おうと、彼女がいる部屋のドアを開けようとしたそのとき、本田芽郁にその手をつかまれた。

「ダメ……今夜はわたしにつきあってよ。わたしが今宮課長とみんなの仲を取り持ったから、上手くいったのよ。それに、何だか最近、宏一朗と課長の仲、怪しいんだもの。二人が京都への出張から帰ってきてから、妙な雰囲気が二人に流れているみたい。わかっちゃうのよね、そういうのって……」

芽郁に図星をさされて、

「バカなことを言うなよ。あのときは、日下部登一との関係の修復ができたから、二人は機嫌が良かったんだ」

「そうかな？　何か、怪しいな。今も、課長に逢いにいきたかったんじゃないの？」

「違うって、わからない人だな」

「じゃあ、今夜、つきあえるよね？　おごってよ」

「……どうしようかな？」

「いい情報があるから、それを教えてあげる。ただし、あれのあとでね」

「いい情報って？」

「今宮課長にはとても大切な情報よ」

「本当だろうな？」

「本当よ」

「わかった。確かに、きみは功労者のひとりだからな、おごってやるよ」

「やった！」

芽郁が人目のないことを確かめて、宏一朗の右腕に手をからめて、大きな胸のふくらみをぎゅうと押しつけてきた。


芽郁が横浜の中華街で夕食を摂《と》りたいというので、宏一朗は店の予約をし、みなとみらいのホテルを予約した。

二人は中華街で飲茶《ヤムチャ》などのコースを食べ、ホテルに到着した。

十八階の部屋で寛《くつろ》いで、それから、夜景がきれいだと評判のバーラウンジに行った。

窓のほうを向いたカウンターの前のスツールに二人は隣同士で座り、この店自慢のカクテルである『ヨコハマ　ブルーナイト』をオーダーした。

「きれい……！　観覧車がすぐのところに見えるのね」

芽郁がはしゃいだ。気持ちもわかる。

手を伸ばせば届きそうなところに、レイボーカラーにライトアップされた大きな観覧車がある。

そして、その向こうには、照明のついたビルが乱立して、夜景としては最高に近いものだった。

「宏一朗、この夜景を今宮課長と見たかったなんて、思ってないよね？」

芽郁が左手を、宏一朗の太腿に置いた。

「なるほど……今、言われて、ああ、そうか。課長と一緒だったらって思ったけどね」

「もうっ！」

芽郁の左手が宏一朗のズボンの股間をぎゅっとつかんだ。

「くっ……やめろ。タマが潰れる」

宏一朗が訴えると、芽郁は強くつかむことはやめた。その代わりに、ゆるゆるとさすってくる。

気持ちいい。このままでは勃起してしまう。

（見られていないだろうな？）

後ろを振り返った。幸いここは、フロアに置かれた大きな観葉植物の裏手にあたっており、死角になっていて、人の視線は避けられる。

さっき、芽郁がこの席を率先して選んだ。あのとき、すでにこうする計画を立てていたのだろう。

(けっこうやるな。かわいらしい顔をしているのに……)

人の気配を感じたのか、芽郁がさっと股間から手を引いた。すぐに後ろから店員がカクテルを運んできて、カウンターにカクテルグラスを置き、

「横浜の夜をごゆっくりとお楽しみください」

と言って、去っていった。

『ヨコハマ　ブルーナイト』は澄みきった海を思わせるアクアブルーに、赤いサクランボが入っているカクテルである。

「じゃあ、今回のフェアの成功を祝って、乾杯しよう。芽郁が課長と課員の仲を取り持ってくれたお蔭だ。ありがとう。乾杯！」

カクテルグラスを掲げて、少量舐めてみる。

おそらく、ジンベースだ。仄《ほの》かな甘さはリキュールが入っているからだろう。レモングラスの香りもする。

芽郁もカクテルグラスをほっそりした指で持って、少し呑み、

「美味しい！　これ、何杯でも呑めそう！」

グラスをカウンターに置いて、また左手を宏一朗の太腿に添える。

最初は上側をなぞっていた手のひらが、やがて、内側にすべり込んできた。

そして、内腿から股間をなぞりあげてくる。

目の前には、虹色に光る大観覧車と、イルミネーションのきれいな横浜の夜景が見える。同時に、股間をしなやかな指でゆるゆるとさすられて、宏一朗はもたらされる快美感を味わう。

女性器にペニスを挿入して、お互いに絶頂に昇りつめるのも、もちろんいいが、これはこれでとてもいい。甲乙つけがたい。

若い頃なら、挿入してガンガン動くことに悦《よろこ》びがあった。しかし、五十五歳ともなると、激しく動いてエネルギーを消耗するのはとても疲れる。

だったら、こうやって自分は楽をして、快楽を与えてもらうことは大きな悦びのひとつなのかもしれない。

しかも、景色だけではない。

隣の芽郁はさっき部屋で着替えてきて、露出度が高く、身体にフィットしたミニの

ワンピースを着ている。足を組んでいるので、むっちりとした太腿がかなり際どいところまで見える。

しかも、胸元はひろく開いていて、そこからたわわなふくらみが上の丸みをのぞかせているし、頂上には二つのぽっちりとした尖りが見えるのだ。

この服装で、意識的に胸のふくらみを見せるようにして、股間のものをさわさわされたら、どんな男だって芽郁を抱きたくなるだろう。

それで思い出した。芽郁に教えなくてはいけないことがあった。

「ああ、そうだ。芽郁は商品管理部の鵜飼《うかい》って知ってるだろう？　確か、芽郁と同期だと思うけど」

「鵜飼くん、もちろん知ってるよ。それが何か？」

「その鵜飼がさ、芽郁のことを好きらしいぞ。この前、鵜飼に相談されて、好きならコクったらと勧めておいた。幸い、彼女はカレシと別れて、今、恋人はいないみたいだからって、告白するよう勧めておいた。鵜飼からコクられたか？」

訊くと、芽郁は首を横に振った。

「コクられてないのか？」

「うん、コクられてない。バカね、鵜飼くん。わたし、彼のこと嫌いじゃないのに。

正々堂々と告白してくれれば、つきあってあげるのに」

「じゃあ、明日にでもやつに伝えておくよ。早く、コクれって」

「……ねえ、どうして今、そういうことを言うの？　もしかして、わたしと寝たくない？」

「そういうわけじゃないさ。だけど、俺ときみは歳が違いすぎるし、いろいろと釣り合わないだろう？」

「そんなこと関係ないよ。わたし、オジサマも好きなの。だから、問題ないのよ、全然……」

芽郁がいったんスツールから降り、それを動かして、宏一朗に近づけた。

座面に座って、すっと身体を寄せてきた。

スツールが接近しているので、ワンピースを持ちあげた胸のぶわわんとしたふくらみを感じる。同時に、太腿の外側も宏一朗の太腿に接触している。

芽郁はちらりと周囲をうかがって、宏一朗の右手をつかんで、ワンピースの裾のなかに導いた。

（こ、これは……！）

あるべきパンティの感触がなかった。

（ノーパン……！）

驚いているうちにも、芽郁が大きく足を開いたので、宏一朗の指は柔らかな繊毛の奥の湿ったものをとらえていた。

芽郁が顔を寄せて、耳打ちしてきた。

「じつは、パンティもブラもつけていないのよ。宏一朗に愉しんでもらうために……触って、もっとちゃんと……大丈夫、見えてないから」

「だけどな……」

「焦れったいな。勇気がないんだから」

芽郁は宏一朗の手をつかんで、ぎゅっと股間に押しつけて、自分から腰を揺すって恥肉を擦りつけてくる。

そこは明らかに濡れていて、宏一朗も我慢できなくなった。

ガラスにわずかに映り込んでいる二人の顔を見ながら、右手で割れ目をなぞった。

すると、狭間を指腹がぬるっ、ぬるっとすべって、

「んっ……あっ……」

芽郁が喘ぎ声を嚙み殺した。

そして、ますます大きく膝をひろげて、濡れ溝を擦りつけてくるのだ。

（ええい、ここは……！）

宏一朗は窓から大きな観覧車を見ている。一応見てはいるが、実際は指先に神経を集中している。

どんどんぬめりが増している。

愛蜜を指ですくってなすりつけるようにして、上方の肉芽を触ってみた。指先でもこりこりしているとわかるクリトリスを下から弾くと、

「んっ……！」

芽郁はくぐもった声を洩らして、いやいやをしながら、胸のふくらみを擦りつけてくる。

宏一朗は連続してクリトリスを叩いた。それから、少し下の粘膜を擦り、さらにその下へと指を移動させると、ぬるっと指先が泥濘《ぬかるみ》にすべり落ちていき、

「あっ……！」

芽郁はがくんと顔をあげ、宏一朗の右腕にしがみついてきた。

そのつかまれた腕の中指が、熱いと感じるほどの膣に第二関節まで潜り込んでいて、とろとろの粘膜がやさしく包み込んでくる。

「怪しまれるから、カクテルを……」

耳元で囁くと、芽郁はハッとしたようにカクテルグラスをつかみ、青い液体をぐっと呑みほした。それから、宏一朗に凭《もた》れかかってくる。

宏一朗も左手でグラスをつかんで、残りのカクテルを呑む。そうしながら、右手の中指で蕩《とろ》けた膣を静かに抜き差しする。

とろとろに蕩けた熱い粘膜が中指にからみついてきて、ぐちゅ、ぐちゅっとかすかな音がして、

「んんんっ……ぁあああうぅぅ」

芽郁は必死に声を押し殺しながら、宏一朗の右腕にぎゅっとしがみついてくる。

レインボーカラーの巨大観覧車を見ながら、宏一朗は第二関節まで押し込んだ中指で、膣を上下に撥ねる。

ノックするようにして、上側にあるGスポットを擦りつづけると、芽郁が耳元で囁いた。

「ダメっ……イッちゃう」

「……いいんだよ。イッて……」

宏一朗はいったん指を抜いて、クリトリスを捏ねまわした。それから、もう一度挿入して、つづけざまにノックするように粘膜を擦る。

と、宏一朗にしがみついている芽郁の身体がぶるぶると小刻みに震えはじめた。イクのだろう。この前も、芽郁は気を遣る前に震えていた。

宏一朗は目の前の巨大観覧車を見ながら、つづけざまに膣を擦りあげる。徐々に指の上下動を速くしていったとき、

「あっ……！」

芽郁はがくんと大きく躍りあがり、それから、すべての力が抜けたかのように宏一朗に凭れかかってきた。

2

バーを出て、ふらふらの芽郁を客室に連れて帰ると、服を着せたままベッドに押し倒した。

大きなベッドに仰臥した芽郁の裾がまくれあがって、むっちりとした太腿が際どいところまで見えている。

宏一朗は急いで服を脱いで、裸になった。

分身がすでにギンと頭を擡《もた》げているのを見て、

「宏一朗、早くぅ……もう待てないよぉ」

芽郁が左右の太腿を擦りつける。

全裸になって、宏一朗はベッドにあがった。

キスを交わし、その唇をおろしていき、覆いかぶさるように乳房を揉んだ。

伸縮素材がたわわな胸の形をそのまま浮かびあがらせ、突端もツンとせりだしている。

突き出している部分を舐めて、もう片方も指で転がす。

それをつづけているうちに、生地が唾液を吸って、ノーブラの乳房に張りつき、乳首が透け出してきた。

それをつまんで転がし、同時に舐めた。

と、もともと乳首が感じる芽郁は、

「んっ……んっ……ぁああ、いいの。気持ちいい……ぁああ、我慢できないよぉ」

早くここを触ってとばかりに、下腹部をぐいぐいせりあげてくる。

期待に応えて、宏一朗は右手を下腹部におろした。

ミニのワンピースの裾から手を入れると、女の園はさっきよりいっそう濡れそぼって、洪水状態だった。

ぬる、ぬるっと指がすべって、

「あっ……んっ……ぁあああ、欲しい！」

芽郁がせがむように恥丘をせりあげてくる。

宏一朗はいったんそこから手を離し、ワンピースの上のほうをつかんで、ぐいと押しさげる。

芽郁が両手を抜いたので、もろ肌脱ぎになって、ぶるんと巨乳がまろびでてきた。

宏一朗はじかに乳房を揉みしだき、乳首にキスをする。さらに舌で上下左右に転がすと、

「あっ……ぁあああ、いいのぉ……上手だわ。宏一朗の舌、気持ちいい……ねえ、吸って」

芽郁がせがんでくる。

宏一朗は唾液まみれの乳首にしゃぶりついて、チューッと深く吸う。

「ぁああ……！」

喘ぎ声を長く伸ばして、芽郁が顔をのけぞらせた。

ますますギンとしてきた乳首を断続的に吸いながら、下腹部を指でかわいがる。

縦溝に沿って撫でさすり、濡れ溝をトントンと指でノックする。それから、上方の

肉芽を手さぐりでさがしだし、突起を指で転がす。

そうしながら、乳首を吸ったり、舐めたりしていると、いよいよ芽郁は高まってきたのか、ぐいぐいと恥肉を擦りつけて、

「ああ、もう欲しい。宏一朗のおチンポが欲しい」

と訴えてくる。

宏一朗も挿入したい。だが、その前にやってほしいことがあった。

「悪いな。その前におしゃぶりしてくれないか？」

求めると、芽郁は宏一朗にベッドの端に座るようにうながす。

宏一朗がベッドのエッジに足を開いて腰かけると、芽郁はベッドを降りて、絨毯《じゅうたん》の上に正座した。そこから腰を浮かせて、いきりたちをつかみ、裏のほうにちゅっ、ちゅっとキスを浴びせてくる。

それが一段と硬くなると、芽郁が見あげて、にっこりした。

視線を合わせたまま、裏筋を舐めあげてきた。

ツーッ、ツーッと敏感な裏筋を舌でなぞられると、ぞくぞくっとした戦慄が湧き起こり、腰が勝手に撥ねてしまう。

「いやだ。童貞くんみたい。五十五歳にもなって、裏筋舐められて、びくんびくんし

ちゃって……もう、ほんとかわいいんだから」

下からチャーミングな視線を投げて、芽郁はさらに顔の位置を低くし、睾丸を舐めてきた。

皺《しわ》のひとつひとつを伸ばすように丹念に舌を走らせる。その間も、肉棹を握って、強弱つけてしごいてくれている。

この前も思ったが、やはり、芽郁はセックスが上手だ。セックスをするために生まれてきたような女だと言っても、言い過ぎではない気がする。

そんな芽郁がツーッと裏筋を舐めあげてきて、亀頭冠の真裏を舌を横揺れさせて刺激してくる。

「ぁああ、気持ちいいよ、それ……うっとりしてしまう。それに、されるほどに漲《みなぎ》ってくる」

伝えると、芽郁はにっこりして、裏筋の発着点を指先で円を描くように擦ってきた。そうしながら、亀頭冠にちゅっ、ちゅっとキスをする。

さらには、尿道口を舐めてくる。

左手で亀頭部をつかんで、尿道口を開かせ、そこにツーッと唾液を落とした。白い泡を含んだ唾液を塗り込めるように舌で押し込む。そうしながら、依然として、指腹で包皮小帯を摩擦している。

全体を頬張ってもらいたい、と感じたとき、それを察知したように、芽郁が唇をかぶせてきた。

ぷにっとした柔らかな唇で全体をずりゅっ、ずりゅっとしごいた。いったんスライドを止めて、代わりに舌をからめてきた。

ねっとりと裏側から側面にかけてしゃぶりつつ、余っている部分を指で握って、しこしことしごいてくる。

下を見ると、ふっくらとした唇が勃起を覆い、そのすぐ下にたわわすぎるオッパイが乳首をせりださせているのが見える。

（ぁああ、たまらん……！）

うっとりして目を閉じたとき、屹立が何か途轍もなく柔らかなものに包まれるのを感じた。

ハッとして目を開けると、芽郁がパイズリをしていた。

丸々としたおそらくEカップだろう左右の乳房で、勃起を包み込み、身体とともに揺り動かして、屹立を擦ってくるのだ。

（おおぅ、すごい……パイズリをされたのは、いつ以来だろう？）

パイズリは乳房が一定以上大きくないと、あまりやる意味がないから、自然に限定される。したがって、巨乳の女とつきあわないと体験できない。そして、宏一朗はそれほどの巨乳の女とはつきあったことがなかった。

芽郁はひざまずいている姿勢で胸を寄せ、左右の乳房で屹立を押し包むようにしてゆっくりと上下に揺らせる。

ぎゅっと左右から圧迫しているので、ふくらみの接触面積が増して、まったりとからみついてくる。それが上下に一緒に動くので、たとえようのない愉悦《ゆえつ》がひろがってくる。

「どう、気持ちいい？」

芽郁が見あげてきた。

「ああ、すごく……パイズリなんて、ほとんど経験ないしね」

「こうしたら、もっと良くなるかも」

そう言って、芽郁は上から唾液を落とした。

唾液が糸を引いて、乳房の谷間に命中し、亀頭部にも付着する。それを何度も繰り返すので、まるでローションのようになって、すべりがよくなる。

するとと確かに、ぐっと快美感が増した。

たわわで柔らかで濡れた乳房でいきりたちを大きくしごかれると、えも言われぬ快感がふくらんできて、こらえきれなくなった。

「芽郁、ありがとう。そろそろ入れたい」

言うと、芽郁は胸を離して、ベッドにあがった。

3

宏一朗は芽郁をベッドに這わせた。

そして、自分は床に降りる。床で足を踏ん張って、後ろから挿入したかった。

このほうが全身を使えて、深いところに入りそうな気がする。

先日、日下部と淑乃、さらに、仁美を交えてのセックスを経験して、自分のセックスの幅がひろがったような気がする。

芽郁がおずおずと尻を突き出しながら、

「これでするの？」

「ああ、このほうが動きやすいんだ。入れるよ」

宏一朗は腰を引き寄せながら、屹立を慎重に沈めていく。

やはり、この体勢は挿入もしやすい。ずりゅりゅっとイチモツが芽郁の体内をうがっていって、

「ぁあああ……いい！」

芽郁が背中を反らせて、シーツを握りしめた。

宏一朗はゆっくりとストロークをする。両足で床を踏ん張っているから、その分、腰を大きくつかえる。それに、疲れない。

徐々にピッチをあげ、深度も大きくしていくと、芽郁はそれに応えて、

「あんっ……あんっ……あんっ……」

隣室に聞こえてしまうのではないかという声を響かせる。

いつもより余裕がある。ここはもっと愛撫をつけ加えたい。

「お尻をペチペチされるのは嫌い？」

訊いてみた。

「ええ？　強く打たないなら、やってもらいたいかな？　わたし、そういう刺激は嫌いじゃないから」

「じゃあ、やってみる。耐えられなかったら、言ってくれ。やめるから」

そう言って、宏一朗は右手を振りかぶった。

ウエストはきゅっと締まっているものの、尻肉は豊かについている。色も白い。

(このへんかな?)

向かって右側の尻たぶを狙って、かるく振り降ろしてみた。

パシッと意外にいい音が響いて、

「んっ……!」

芽郁がびくっと震えた。

その瞬間、膣肉もイチモツをぎゅっと締めつけてきて、宏一朗も「うっ」と呻く。

(そうか……スパンキングすると、膣も締まるんだな)

宏一朗はもう一度、平手打ちする。

右側の尻たぶを打つと、手のひらがものの見事にふくらみをとらえて、ピシッと乾いた音が撥ねて、

「あっ……あっ……!」

芽郁が腰を震わせる。

打擲《ちょうちゃく》したところの肌が見る間に赤く染まって、色白の肌との対比が何ともエロチックである。

宏一朗はいったん尻ピンタをやめて、腰をつかみ寄せ、イチモツを打ち込んでいく。

不思議なことに、ビンタで芽郁が痛がるほど分身に力が漲ってくるようだ。

そこで再度打ち据えると、

「あんっ、あんっ、あんっ……ぁああ、気持ちいい……ぶたれた後のほうが、気持ちいい……」

芽郁が喘ぐ。

それを聞いて、宏一朗は左の尻たぶも打った。右手を逆手にして、叩く。

これもいい音が響きわたる。

両方均一にぶったほうがいいだろうと、左の次は右を、右の次は左側を尻ビンタする。

びくん、びくんしている芽郁の尻たぶが左右とも濃いピンクに染まって、それがまた刺激的だ。

しかし、あまり調子に乗ってぶっても、お尻が可哀相《かわいそう》だ。

(よし、最後の一往復を……!)

最後に往復ビンタをすると、

「ああ、もう、ダメっ……」

芽郁が前に身体を逃がした。

ちゅるんっと結合が外れて、蜜まみれのイチモツがそそりたっている。

それを見た芽郁が、こちら向きにベッドを這った。

そして、いきりたつものを頬張ってくる。

一気に口におさめて、

「んっ、んっ、んっ……」

激しくストロークをする。

床に仁王立ちしている宏一朗の分身を、ベッドに四つん這いになった芽郁が頬張ってくれている。

（やはり、すごいなこの子は。献身的なところがいい）

考えたら、セックスこそエンターテイメントそのものだ。いかに相手を悦ばせるか、愉しませるか――。

もちろんそれは自分が快感を得てこそのことだが、自分だけ愉しめばいいというわけではない。セックスは共同作業のエンターテイメントなのだ。

しゃぶってもらっているうちに、そのお返しをしたくなった。

挿入して、気持ち良くなってもらいたい。

「ありがとう。いいから……そこに寝て」

芽郁をベッドに仰向けに寝かせ、膝をすくいあげた。

唾液まみれのイチモツを沼地に擦りつけ、一気に腰を入れた。ギンギンになった硬直がとろとろの膣をこじ開けていって、

「はうーッ！」

芽郁が大きく顔をのけぞらせた。

「おおぅ、熱いぞ。芽郁のなかがすごく熱くなっている。温かさが気持ちいいんだ」

宏一朗は膝を離して、覆いかぶさっていく。

両肘を突いて身体を支えて、キスをする。

すると、芽郁は自分から唇を吸い、舌をからめてくる。

ディープキスをしながら、宏一朗にしがみつき、動かしてとでも言うように結合部を擦りつけてきた。

宏一朗は唇を合わせながら、期待に応えて、打ち込んでいく。

くいっ、くいっと腰を叩きつけつつ、ねっとりとキスをして、唇をからめる。

芽郁も情感たっぷりに唇を重ね、抱きついてくる。足を大きくひろげて、宏一朗の腰を引き寄せている。

（たまらない。二人がひとつになったようなこの一体感が、セックスの良さなんだろ

うな）

三十歳も若い芽郁から、セックスが何たるかを教えられている気がする。

宏一朗はキスをやめて、芽郁の腕をあげさせる。そうしておいて、腋窩《えきか》を舐めた。

つるっとしているが仄かに甘酸っぱい香りのする腋《わき》の下に、ツーッ、ツーッと舌を走らせると、

「ぁああ、気持ちいい……くすぐったいけど気持ちいい……ぁああ、ほんとエッチなんだから、宏一朗は」

芽郁が言う。

宏一朗はストロークをするたびに、腋の下を舐めあげる。

腰を引いたときに、腋の下自体に舌を押しつける。イチモツをぐいと押し込むときにその上に行く力を利用して、腋から二の腕にかけて舐めあげていく。

それをつづけていると、芽郁はもうどうしていいのかわからないといった様子で、

「ぁああ……ぁあああああ……いいの。良すぎて、変になる」

自分から両手を頭上にあげた姿勢で、艶《なま》めかしい声をあげる。

宏一朗としても、もっと感じてほしい。

（そうだ。芽郁は乳首が感じるんだったな）

宏一朗は狙いを乳首に絞った。

グレープフルーツみたいな巨乳がふたつせりだしている。そのひとつに貪りついて、先端を舐めた。

れろれろっと左右に舌を叩きつけ、ゆっくりと大きく上下に舐める。上下へと舐めるときは、ストロークを合わせる。

右の次は左と乳首に吸いつきながら、腰を動かした。

すると、芽郁も頂上が見えてきたのか、

「ぁああ、ああああ……イキたいの。宏一朗、イカせて……もう、イキたい。イカないと、頭がおかしくなる」

さしせまった様子でせがんでくる。

宏一朗もそろそろ射精したい。だが、どうせこのホテルで気を遣るなら、したいことがあった。

「ゴメン。少し待って。抜くよ」

宏一朗はいったん結合を外して、マン汁だらけの勃起をぶらぶらさせて、窓際に向かった。

遮光カーテンを開け、さらに、レースのカーテンも大きく開いた。

すると、目の前に虹色に光った巨大な観覧車が見える。

（よし、これでいい！）

宏一朗はベッドに戻って、芽郁を這わせた。

極彩色に彩られた観覧車のイルミネーションが見える向きである。

「観覧車が見えるだろ？」

「うん……でも、何だか恥ずかしいわ。観覧車に見られているようで」

「平気だよ。もう、営業は終わっているから、あそこには誰もいない。あの美しい観覧車を見ながら、イケるって、ちょっといいだろ？」

「確かに……ほんと、宏一朗はスケベなんだから」

「そうだよ。オジサンはみんなスケベなんだ……入れるよ」

真後ろについた宏一朗は、いきりたつものを尻たぶの底に押し込んでいく。潤みきったとば口が屹立を受け入れ、ぐちゅっといやらしい音を立てて、分身が根元まで嵌まり込んでいき、

「うあっ……！」

芽郁の顔が撥ねあがった。

（おおぅ、吸いついてくる）

宏一朗は歓喜に酔いしれる。

押し込んだイチモツを蕩けた粘膜が包み込みながら、くいっ、くいっと奥へと手繰り寄せようとするのだ。

一瞬起こった射精感をやり過ごして、宏一朗はゆっくりと腰をつかう。

肉感的な尻はさっきの尻ビンタで、左右の尻たぶが赤く染まっていて、ひどくエロチックだ。

徐々にストロークのピッチをあげると、ぴたん、ぴたんと音がして、

「あんっ、あんっ、あんっ……！」

芽郁が喘ぎをスタッカートさせる。

正面には、巨大な観覧車が七色の光を灯して、まるでこの部屋にせまってくるかのようだ。

「芽郁、見てるか？　何が見える？」

「大きな観覧車が見えるわ。わたし、乗ったことがあるのよ。一周まわるのに十五分もかかるの。高さが百メートルもあって」

「知らなかった」

「明日、二人で乗ろうよ。観覧車のなかで、おフェラしてあげる」

「……いや、明日は出勤しなくちゃいけないから、無理だよ」

「残念……今度、二人で乗ろうね。おしゃぶりしてあげるから」

「わかったよ。ありがとう……ぁああ、どんとん良くなってきた。出していい？」

「いいよ。いっぱい出して……そうよ、そう……あんっ、あんっ、あんっ……」

芽郁が喘ぎつつも、前を向いている。

突き出された尻の向こうに、芽郁の頭と大観覧車がある。

今、ここで射精しないと、もうできないだろう。だいたい射精というのは体力が余っているときにしかできない。そういうことがこの歳になると、わかる。

芽郁の右腕を後ろにまわして、つかんだ。後ろに引き寄せて、衝撃が逃げないようにしながら、猛烈に叩き込んだ。

パン、パン、パンと破裂音が撥ねて、

「おおぅ、芽郁、行くぞ。出すぞ」

訴えると、

「ぁああ、来て……芽郁も、芽郁もイッちゃう。あんっ、あんっ、あんっ……ぁあああ、今よ。イク、イク、イッちゃう……！」

芽郁が苦しげに喘いだ。

「そうら、イケ。おおぅ！」

宏一朗は吼えながら、猛烈に叩きつけた。

息があがりかけている。しかし、今しか射精のチャンスはないのだ。

「あん、あん、あんっ……」

「そうら、イケぇ……うおおおおっ！」

最後の力を振り絞った。奥に届けとばかりに屹立を送り込んだとき、

「……イクぅ……！　はうぅ！」

芽郁が躍りあがって、のけぞった。

エクスタシーの痙攣を感じて、止《とど》めの一撃を叩きつけたとき、宏一朗も絶頂に押しあげられた。

「おっ、あっ……！」

熱い男液を放ちながらも、しっかりと腕をつかんで引き寄せている。

そして、芽郁は半身になって、巨乳を見せながら、がくん、がくんと躍りあがっている。

シャワーを浴びて、二人は全裸でベッドに横たわっていた。

いまだカーテンは開け放ったままなので、芽郁は横臥して、観覧車のほうを眺めている。

宏一朗は背後から抱きしめ、その大きなオッパイを揉みながら訊いた。

「今宮課長のことで、情報があると言ってたけど、そろそろ教えてくれないか？」

「どうしようかな？」

「頼むよ」

「……頑張って、イカせてくれたから教えてあげる。ほら、宏一朗の代わりに部長になった山村玲奈。彼女、今宮課長が大嫌いみたいで、いろいろと裏で動いているみたいよ。今度、課長がオンライン専用のショールームを提案してるでしょ？　それにも大反対で、わたしたちや上の人にもいろいろと働きかけているみたいよ。あの案を潰したくて……」

「本当か？」

「事実だよ。課内の何人かが、山村部長に、あの案には反対するように吹き込まれたみたい。それに、今回、課員と課長が対立したじゃない。じつはあれも山村部長が裏で糸を引いていたみたいなの。名前は言えないけど、これはある社員から聞いたことだから、事実よ」

宏一朗は言葉を失った。

山村玲奈は現在三十九歳。宏一朗が役職定年で部長を引退して、その空いた席に座ったのが、玲奈だ。

なかなかの才媛で切れ者である。

彼女がまだ若い頃は、宏一朗が教育係として、いろいろと教えた。

その頃は一生懸命やる子で、見どころもあり、とても素直だった。

しかし、いつの頃からか、女性の社会進出を意識し、フェミニストになり、非常に扱いづらくなった。

もちろん、とくにデパートのように女性客の多い業種は、女性がそれなりの地位を得て、主導しないと、時代に置いていかれる恐れがある。だから、女性が部長になるのも全然問題ない。

しかし、山村玲奈はセクハラを糾弾しつつも、じつは自分がパワハラをしているという厄介な存在になってしまった。

きりりとした美貌で頭も切れる。入社した頃は、穏やかで笑顔の素敵な女性だったのに、なぜこうなってしまったのか？

山村玲奈なら、今、芽郁が言っていたことをやりかねない。

女性同士仲良くして、協力し合えばいいと思うのだが……。

「そうか……確かに、今宮課長への反乱は唐突なところがあった。裏で部長が糸を引いていたと考えれば、納得はできるな」

「宏一朗は、今宮課長のこと好きでしょ？　だったら、山村部長から護《まも》ってあげて」

「……わかったよ。教えてくれて、ありがとう。助かったよ」

「そう思うなら……」

玲奈がくるりと振り返り、

「もう一回戦しよ……」

大きな目で見あげ、宏一朗の下半身へと顔をおろしていった。

第五章　女部長は女王様？

1

半月後、宏一朗はレストランで今宮仁美と夕食を摂っていた。

仁美は見る影もなく窶《やつ》れて、頬もこけている。顔色もよくない。

これには、原因があった。

山村玲奈のパワハラである。

仁美は、オンライン専用の売場のショールーム化を考えていた。

現在、Sデパートもインターネットによる販売に力を入れている。その際の欠点はその商品を実際に触れない、確かめられないという問題だった。

それを、仁美はネット上の商品をデパートに実際に陳列することによって、触って確かめてもらうことで、解消するという案を提唱したのだ。

若い層を取り込むためにも、ネット販売は必要であり、いいと思った商品を実際に手に取って確かめられるのだから、納得ができる案だった。

しかし、それに山村部長が反対しているのだ。

その理由も取ってつけたようなもので、まったくのこじつけにしか思えなかった。だが、社内で強い発言権を持つ清水《しみず》常務取締役が玲奈を支持しており、したがって、周囲は賛成をしているものの、実際には計画は途中で頓挫している状態だった。

それればかりではなく、最近になっても、今宮課長は部下との関係性も悪いし、これというヒット企画を生む能力にも欠けるから、次期の人事異動では彼女を降格させたほうがいいのではないか、という声まであがっていた。

夕食を終えて、仁美がワインを片手につらそうに言った。

「わたし、もう課長をつづけていく自信がありません」

「……だけど、山村部長はなぜきみに、こんなつらくあたるんだろうね？　潰そうとしているように見える」

宏一朗が言うと、仁美はしばらく迷っているようだったが、やがて、心を決めたのか、

「じつは……」

と、二人の間に起こったイザコザを話しはじめた。

仁美は五年前に今は亡き夫の高島《たかしま》と結婚したのだが、これにはいろいろと経緯があった。

六年ほど前、高島はSデパートに出展する衣類の高級ブランド会社の部長をしており、Sデパートとの交渉役を担っていた。

その高島を、山村玲奈が好きになった。

すでに玲奈は結婚しており、もし高島と肉体関係を持てば、不倫だった。

その玲奈にさかんに誘われて、高島は大いに悩んでいた。

すでに玲奈は課長であり、無下に扱えなかった。かと言って、誘いに乗れば、不倫になってしまう。

そのことを相談された仁美は親身になって、対策を考えた。

ありがちなパターンだが、そうこうしているうちに、二人は恋に落ちた。

高島も仁美も独身であり、二人がつきあうことに問題はなかった。

二人は徐々に親しくなり、身体を合わせ、ついに結婚までゴールインした。

それを間近で見ていて、玲奈は高島を仁美に奪われたと感じたのだろう。

急に仁美に冷たく当たるようになり、玲奈が部長に昇進して、権力を使えるようになると、仁美をパワハラまがいに冷遇しはじめ、潰そうとしているのだと言う。

「ひどい話だな。あの人だって、高島さんとつきあっていたら、不倫になっていたわけだし。何もきみを憎むようなことじゃない。困った人だな」

「……でも、山村さんの気持ちもわからないではないです。もし、わたしが彼女と同じ立場だったら、やはり、ああなるかとも思いますし……」

「……しかしね、会社は愛憎をぶつけるところではないんだ。個人的な感情を仕事に持ち込まれては困るんだ。きみの、オンライン専用のショールームを作るっていうのは、とてもいい考えだと思う。うちの業績をあげるためにも、やるべきなんだよ。それを彼女は阻止しようとしている。しかも、個人的な恨みでね」

「……わたし、どうしたらいいのかわかりません」

「わかった。俺のほうで、どうにかして彼女の気持ちをほぐしてみるよ」

「本当ですか？」

「ああ……任せておきなさい」

「ありがとうございます。あの……今夜はこれから何か？」

「いや、別に予定はないけど」

「少し待っていてください」

仁美は席を立ち、しばらくして、戻ってきた。

「行きましょう。部屋を取りました」

「えっ……？」

「ここのお代も払っておきますね。行きましょう」

仁美がカードで勘定を済ますのを待って、宏一朗は仁美の後をついていった。

ホテルの客室で、宏一朗はシャワーを浴びていた。

仁美を抱くのは、日下部の見ている前でセックスをしたあのとき以来だった。

宏一朗も仁美を抱きたかったし、仁美も同じだっただろう。

しかし、京都工芸品フェアが閉幕したその夜、芽郁に機先を制されて機会を失ってから、タイミングが合わなかった。

だが、今夜、宏一朗が山村玲奈を懐柔することを約束したところ、仁美が誘ってくれた。

二人がまた身体を重ねるとしたら、このタイミングしかなかった。

芽郁はというと、宏一朗の助言が効いて、鵜飼が彼女に告白し、それを受けた芽郁は鵜飼とつきあいはじめた。

これで、二股をかけることはなくなった。

今夜、宏一朗がすんなりついてきたのにはそういう事情もあった。

独立したバスルームで股間をよく洗っていると、いきなり扉が開いて、裸の仁美が入ってきた。

「えっ……？」

「ゴメンなさい。あの……お背中、お流しします。椅子に腰かけてください」

「えっ、いいよ。悪いよ」

「いいんです。わたしの気持ちですから……そこに座ってください」

仁美はそう言って、宏一朗を洗い椅子に腰かけさせる。

「悪いね」

「いいんです」

仁美はシャワーヘッドを持って、自分にかけ、それから、背後にしゃがんだ。

そして、ボディタオルに石鹸を塗って泡立て、それで背中を擦ってくる。

ちらりと前を見ると、鏡に自分とともに仁美の姿が映っていた。

一糸まとわぬ姿なので、格好よく飛び出した乳房が目に飛び込んでくる。髪は後ろでまとめているので、ととのった顔がよく見える。

恥ずかしいのか、少し赤らんでいる。

時々、鏡に映った宏一朗を見て、はにかむ。それでも、ほどよい強さで背中を洗ってくれる。

泡立ちやすいボディタオルのせいか、擦られていても一切の硬さはなく、ひたすらなめらかで気持ちいい。

クリーミーな泡が肌をすべっていく感じだ。

そのとき、宏一朗が膝にかけていたタオルの一部が持ちあがってきた。勃起しているのだ。

イチモツが徐々に力を漲らせ、最後はぐんと頭を擡げて、タオルを突きあげていた。

それに気づいたのだろうか、仁美が泡立てた石鹸を塗った右手を腋からまわし込んで、胸板から下へとすべらせてくる。

あっと思ったときには、その手指がタオルの下へと潜り込んでいた。

いきりたっているものをおずおずという感じで握って、石鹸を塗り込めてくる。

「あつ、くっ……」

思わず唸っていた。

クリーミーな石鹸が付着した指はひどく気持ち良くて、その指で亀頭冠をいじられるだけで、この世のものとは思えない快感がうねりあがってきた。

そして、仁美は後ろから柔らかな乳房をぴったりと背中に押しつけている。

ますますギンとしてきたイチモツをついにはゆるく擦りながら、仁美は息づかいを荒くして、その熱い息が中耳にかかる。

「ダメだ。したくなってしまう」

思いを告げると、仁美はシャワーで勃起の石鹸を洗い流し、宏一朗に反対を向かせた。

プラスチックの洗い椅子に腰かけた宏一朗の前にひざまずいた。

そして、姿勢を低くして、いきりたちを頬張ってきた。

前屈した格好で、勢いよくそそりたつ肉柱に唇をかぶせて、ゆっくりと顔を打ち振る。

「ぁあああ、くぅぅ……！」

うねりあがる快感に、宏一朗は我を忘れた。

やはり、密かに愛している女のフェラチオは桁《けた》が違う。同じことをされても、圧倒的に気持ちがいい。

仁美はいったん吐き出して、血管の浮き出た肉柱を右手で握ると、ゆっくりとしごいた。指で上下に擦りながら、宏一朗をねっとりとした目で見あげてくる。

左手が皺袋を下からやわやわとあやしている。

色白の絹のような肌が全体的にぼぅとピンクに染まり、見あげる瞳も潤んでいる。円錐形に飛び出した乳房の先はピンクにぬめり、その欲情をそのまま伝えるような乳首のせりだし方がエロチックだ。

その姿を見ているうちに、宏一朗も仁美を攻めたくなった。

自分は立って、代わりに仁美を椅子に座らせる。

鏡に向かわせて、泡立てた石鹸を後ろから乳房に塗り込んでいく。

柔らかいが張りもある美乳が手のひらのなかで沈み、形を変える。ツンとせりだしている乳首をつまんで転がすと、

「んっ……あっ……ぁあああ、ダメっ……」

仁美は首を左右に振る。

「ダメじゃ、ない。気持ちいいんだろ？　いいんだよ、素直になって……もうきみの正体はわかっている。一見清楚だが、本当のきみはとてもエッチで、欲しがりだ。も

ういいんだ、俺の前で仮面をかぶる必要はない。素顔をさらしていいんだ」

言い聞かせて、右手を太腿の底へとおろしていった。

濡れた翳《かげ》りの底に指を這わせると、そこはもう充分に潤っていて、ぬるっ、ぬるっと指がすべり、

「あっ……ぁああああ、くうぅぅ」

仁美がのけぞって、背中を預けてくる。

「いいんだぞ。素直になって……淫らな自分を解き放っていいんだよ」

耳元で説きながら、石鹸でぬめる乳房を揉みしだき、頂上の突起を捏ねる。そうしながら陰毛の底を指でなぞってやると、

「ぁああ、ああ、気持ちいい……いいんです」

仁美はぐなり、くなりと腰を揺らめかして、背中を預けてくる。

その段階で、宏一朗のイチモツはいきりたっていた。

もう我慢できなくなった。

仁美の身体をシャワーで洗い清めて、立たせる。

バスタブの縁につかまらせておいて、腰を引き寄せた。

豊かなヒップが近づいてきて、ピンクに染まる尻の底に、女の亀裂が走っているの

が見えた。ふっくらした肉土手の谷間に、深い割れ目が走り、そこはすでに蜜であふれている。

宏一朗は挿入する前に、後ろにしゃがんで、クンニをする。深い谷間を舐めあげていくと、

「ぁあああうぅぅ……！」

仁美が華やいだ声をあげて、尻をひくつかせた。

さらに、狭間の粘膜に舌を走らせ、クリトリスを舌で叩くと、

「ああ、欲しい。皆川さん、あれが欲しい」

仁美が訴えてくる。

「あれって何だ？」

「……あれ」

「それでは、わからないな」

「あなたのおチンチン……おチンチンをください」

「どこに？」

「わたしの……オ、オマンコ」

「頑張ったな。よし、ご褒美だ」

宏一朗はいきりたつものを尻の谷間に沿って、おろしていく。

茶褐色の窄まりが見え、その下のほうに切っ先がわずかに沈み込む個所があった。

狙いをつけて、ゆっくりと押し込んでいくと、

「はうぅ……！」

仁美は背中を弓なりに反らせる。

仄白いすべすべの背中を見ながら、宏一朗はしばらく挿入した状態でじっとしていた。

すると、何もしていないのに、蕩けた粘膜がざわざわとうごめいて、硬直をくい、くいっと内側へと吸い込もうとする。

これを待っていた。

宏一朗は吸い込まれる瞬間に、かるく腰を入れる。すると、亀頭部がさらに奥のほうに侵入していき、

「ぁあああ……！」

仁美が顔をのけぞらせた。

「今、奥に当たったね？」

「はい……奥に」

「いいよ、もっと吸い込んでみて」

言うと、膣がぎゅ、ぎゅっと収縮して、亀頭部が深部へと引き寄せられる。

そこで、宏一朗は突くのをやめて、ぐりぐりと捏ねる。亀頭部を子宮口に擦りつける感じだ。すると、それがいいのか、

「ぁあうぅぅ……すごい、押してくるの……ああ、これ……」

「もっと気持ち良くなりたい？」

「はい……」

「じゃあ、自分で腰を振ってごらん。俺は何もしないから」

そう言って、宏一朗は仁美の腰に手を添えた。

かるくうながすと、仁美は自分から腰を前後に振りはじめた。腰だけではなく、全身を使っている。それにつれて、切っ先が膣のなかを行き来して、

「ぁああ、恥ずかしいけど、いいの……ぁああ、いやいや……止まらない。止めて、止めて……」

仁美が訴えてくる。

宏一朗は逆に腰に添えた手で、その動きを助けてやる。

徐々に腰の往復運動が激しくなり、

「あんっ、あんっ、あんっ……ぁあああ、恥ずかしい。わたし、恥ずかしい……でも、いいの。すごくいいの……おかしくなる。わたし、もうおかしい」

仁美はますます大きく腰を振って、ぶつけてくる。

宏一朗もそれに合わせて、打ち込んでやる。

こちらに突き出したときに、ぐいと突き刺す。子宮口と亀頭部がぶつかって、

「はうぅぅ……！」

仁美は大きくのけぞって、がくん、がくんと躍りあがった。そのたびに、膣肉も収《しゅう》斂《れん》して、イチモツを締めつけてくる。

もっと強く打ち込みたくなって、仁美の右腕をつかんで引き寄せた。

仁美は左手でバスタブの縁につかまっている。そして、右腕を後方に引かれて半身になりながらも、突かれるたびに、

「あんっ、あんっ、あんっ……」

艶めかしい嬌声を放つ。

片方の乳房がぶるん、ぶるるんと波打っている。

宏一朗はまだ射精するつもりはない。しかし、仁美はイカせたい。

右腕を引き寄せながら、がんがん突くと、いよいよ仁美の様子がさしせまってきた。

「もう、もう、ダメっ……イク、イク、イキそう……！」

「いいんだぞ。イッて……そうら、解き放っていいんだ。自分を解放していいんだ」

つづけざまにえぐったとき、

「来る、来る、来る……ぁあああ、宏一朗さん！」

仁美は宏一朗の名前を呼んで、

「うあっ……！」

のけぞりながら細かい痙攣して、立っていられなくなったのか、がくがくっと床に崩れ落ちていった。

2

デパートの売場を、宏一朗は山村玲奈とともに歩いていた。

玲奈は深緑色のジャケットに同色のスリットの入ったスカートを穿いて、売場を視察してまわる。

Sデパートは社員の階級によって、スーツの色が違う。部長には部長の色があり、しかも、テナントの店員が山村玲奈を厳しい人とわかっていて、にらまれてはマズいと感じているのだろう、みんな丁寧にお辞儀をする。

しかし、このひとけのなさは何だろう？

宏一朗が入社した頃のデパートには、人が押しかけ、デパートガールも社員も花形の職業だった。それなのに、今は大型スーパーやコンビニ、ネット販売に客を奪われ、デパートは斜陽産業である。

（この状況をどうにかして打破しなければいけないのに、この人は……）

玲奈は前を颯爽として歩いている。

ミドルレングスのさらさらの髪、優美だがきりっと引き締まった美貌、吊りあがったヒップ。そして、スリットの入ったタイトスカートから、ストッキングに包まれた太腿が見え隠れする。

部長室に二人は入っていく。

玲奈は応接用のソファを宏一朗に勧めて、自分はひとり用の肘掛けソファに腰をおろして、足を組んだ。

スリットから太腿がかなり際どいところまでのぞいて、宏一朗はそこに向かいそうになる視線を必死にあげる。

「用って何？」

玲奈が冷たく言った。

「今村課長のオンライン専用ショールームのことですけど、部長はなぜ反対なさるのでしょうか？」

宏一朗は単刀直入に問い質した。

玲奈は昔から、婉曲《えんきょく》的な話し合いは嫌っている。

「もう、何度も言っているはずだけど……デパートはオンラインショップではないの。一線を画《かく》さないと、デパートの意味がない。オンラインショップが主流を占めれば、デパートの意味がなくなる。違う？」

「それはそうですが……しかし、デパートも時代とともに変わっていかないと。このご時世、利用できるものは何だって利用しないと、生き抜いていけないですよ。若年層をデパートに呼び込むいい機会じゃないですか」

宏一朗もきっぱりと言う。

「……あなた、今宮課長の味方をしたいだけでしょ？　確かに、あなたは彼女のシニアアドバイザーよね。仕事をしているといえば仕事をしているわね。でも、オンラインショップを認めてしまえば、デパートがデパートではなくなってしまう」

「いいえ、違います。もともとデパートは百貨店なんです。何だって売るんです。ですから……」

宏一朗が言い募ったとき、玲奈がゆっくりと大きく足を組み換えた。

ハッと息を呑んでいた。

足を大きくあげたときに、むっちりと長い太腿の奥に赤いものが見えたからだ。おそらく、パンティだろう。

動揺して、一瞬、言葉が止まった。

すると、玲奈はもう一度、ゆっくりと足を組み換える。わざと見せているとしか思えない足のあげ方と、スローな動きだった。

宏一朗の動揺を見て取ったのか、玲奈はここぞとばかりに畳みかけてきた。

「前から、一度あなたにしたいことがあったの。若い頃、皆川さんはわたしの教育係だった。あの頃はビシバシ鍛えられたわ。いじめられてるんじゃないかと思ったこともあった。もちろんあのとき、きっちりと鍛えられたから、今のわたしがあるという見方もある。でも、そうは思わない。わたしはあのとき、あなたにいじめられたと思っているの。だから、今度はあなたをいじめたいの。あのときのリベンジをしたいの……ベッドの上でね」

「えっ……ベッド……？」

玲奈の気持ちは一応わかったとしておこう。しかし、ベッドの上でというのは。

「わたし、今、忙しくて近くのホテルに泊まっているのよ。来る？」

「いや、それはちょっと……」

「……今宮仁美の案を通したいんでしょ？　だから、わたしを説得しようと来たんでしょ？　違う？」

宏一朗は無言のままだ。事実だった。

「だったら、わたしの言うことを聞きなさいよ。そうしたら、オンラインショップの件、考え直してあげる。再考してもいいわ」

「……本当ですか？」

「あなた次第ね。たっぷりといじめてあげる。それに耐えて、土下座して頼んで。その出来次第では、考え直してあげる。じつは、わたしもオンラインショップを認めてあげてもいいかなと思ってるの。どう？」

「……わかった。好きにしてください」

「じゃあ、午後七時にMホテルのラウンジに来て。いいわね？」

玲奈に言われて、宏一朗はうなずいた。

Mホテルのラウンジで待っていると、玲奈が姿を現した。

宏一朗を見て、目で来るように合図し、二人でエレベーターに乗った。

玲奈は着替えをしていて、タイトフィットのきらきら光る素材でできた濃紺のワンピースを着て、赤いハイヒールを履いていた。

胸が大きく開いていて、たわわな胸のふくらみが見えかかっている。素材が密着しているので、その凹凸《おうとつ》あふれるボディラインが浮き彫りにされていた。

ミドルレングスの髪で、きりっとした美貌をしている。その引き締まった容貌と、グラマラスな肢体のアンバランスさが男心をかきたてずにはおかないのだ。

この容姿で、三十九歳にして部長というのだから、ついつい傲慢になってしまうのも無理はない、とも思う。

十五階で降りて、玲奈はさっさと前を歩いていく。

宏一朗も後をついていった。

カードキーでドアが開けられて、なかに通される。

連泊しているらしいのでコンパクトな部屋だと勝手に思っていたが、そこは想像よりはるかにひろかった。

キングサイズのベッドとライティングデスクが置かれ、窓際には応接セットがあった。

入ってすぐに、玲奈が宏一朗のほうを見て、言った。

「服を脱ぎなさい。下着もよ。早く！」

「………！」

その横柄な物言いと、まさかの命令にカチンと来た。

それが顔に出たのだろう。

「何よ、その不服そうな顔は。やる気がないなら、いいのよ、お帰りになって」

玲奈が高慢な顔をした。

「いえ、すみませんでした」

宏一朗は思い直して、ネクタイを外し、ワイシャツを脱ぐ。

(とにかく、ここは玲奈の言いなりになることだ)

さすがに、ブリーフを脱ぐときはためらったが、覚悟を決めて、ブリーフをおろし、足先から抜き取った。いまだ肉茎はだらんとしていて、勃起していなくてよかったという気持ちと、どうせ見られるならエレクトしたものをという悔やみが混ざり合っている。

応接セットに座ってそれを見ていた玲奈が、

「来なさい。わたしの奴隷ちゃん」

宏一朗を手招いた。

(奴隷ちゃんか……！)

内心の憤りを抑えて、近づいていくと、玲奈が言った。

「前にひざまずいて、わたしの足を揉んでくださる？　最近、足が凝るのよね」

「はい……」

宏一朗が片方の足を肩にかけようとすると、

「バカね」

赤いハイヒールでかるく蹴られて、宏一朗は後ろに引っくり返った。

「ヒールを脱がせて。足の裏をマッサージしてほしいのよ」

宏一朗は無言のまま、赤いハイヒールを脱がせる。黒く薄いストッキングが足に張りついていて、宏一朗はその足を自分の太腿の上に乗せて、足裏をマッサージする。

といっても、マッサージの仕方を知っているわけではない。

だが、少なくとも愛情を込めてしないと、また叱責される。丁寧に足裏を揉んでいると、

「意外に上手じゃない。いいわよ、その調子」

玲奈が褒めてくれた。

そのとき、とてもまずいことが起きつつあった。

玲奈が足を開いたので、伸縮素材のワンピースの裾がずりあがって、むっちりとして長い太腿がかなり際どいところまで見えているのだ。

しかも、内側に視線をやると、透過性の強い黒のストッキングは太腿の途中で切れて、その奥に真紅の布地がちらちらと見え隠れする。

その真紅の色が、目に焼きついた。

同時に、股間のものが力を漲らせてきた。

（ああ、ダメだ。おさまれ！）

不肖の愚息に言い聞かせた。しかし、それは意志とは裏腹にどんどん大きくなり、ついには、むっくりと頭を擡げてきた。

「あらっ、そのおチンチンはどうしたの？　大きくなってるじゃない……いやだ。わたしのスカートのなかを覗き見したのね」

「す、すみません」

「謝って済む問題じゃないのよ。マッサージ師が患者の施術をしていて、チンコを勃起させるなんて、あり得ない。どうしようもないチンコね」

薄く微笑んで、玲奈は足指を使って、勃起したものを擦ってきた。

親指と人差し指の間に肉柱を挟むようにして、いきりたちをしごいてくる。ストッキングを穿いているので、じかではないし、指も分かれていない。それなのに、ひどく気持ちいいのはどうしてなのだろう？

「あらあら、どんどん硬くなってきた……」

玲奈は会心の笑みを浮かべつつ、もう一方の足を肘掛けにかけたので、裾はますますずりあがり、大理石の円柱のような太腿がほぼ付け根まで見えた。

薄い黒のストッキングは太腿の上部で途絶え、真紅のレースの刺しゅう付きのハイレグパンティが肉びらに食い込んでいた。

衝撃的なのは、ふっくらとした左右の肉土手が半分見えてしまっていて、その谷間に赤い基底部がしっかりと食い込んでしまっていることだ。

しかも、うっすらとした陰毛がはみ出していて、それがまた何とも言えないエロチックさを生んでいる。

「待ってて」

玲奈は赤いパンティのサイドに手を添えて、リボンを解いた。すると、真紅のパンティがはらりと外れて、玲奈は赤い布地を取り外して、

「この使用済みパンティ、あなたにあげるわね。匂いを嗅いでごらんなさい」

渡してくる。

宏一朗は迷ったが、結局、欲望には勝てずに受け取った。

羽根のように軽いパンティを鼻に寄せると、仄かな香水にちょっと生臭いような匂いが混ざっていて、それが生々しい。ちらりと基底部を見ると、二重になったクロッチの一部がシミになっていて、触れるとぬるぬるしていた。

「ちょっと、何してるのよ！」

玲奈がパンティを奪いとって、後ろに隠した。

「ちょっと油断をしたら、これだものね。ほんと、スケベオヤジはいやね……いいわ。わたしのオマンコを舐めなさい。丁寧に、じっくりと、感じるようによ。下手だったら、あの件の再考はしない」

強い眼光を向けて、玲奈が左右の足を持ちあげ、肘掛けにかけた。

目が潰れるかと思った。

左右のすらりとした足が肘掛けに乗って、M字に開かれ、むっちりとした太腿の中心に、漆黒の翳りが繁茂し、女の肉花が赤い口をのぞかせていた。

「ほら、早く！」

叱咤されて、宏一朗は顔を寄せた。

すると、玲奈が舐めやすいように下腹部をせりだしてきた。

ここは、とにかくあらゆるテクニックを使って、玲奈に感じてもらうしかない。下手だったら、再考しないというのは、玲奈の本音だろう。そういう女だ。

ワンピースの裾を完全にめくりあげると、透過性の強い黒のストッキングの張りつく美脚がさらに露出し、翳りの底の淫らな花がいっそうせまってきた。

宏一朗はそこを丹念に舐める。

ふっくらとした肉びらの織りなす谷間にツーッ、ツーッと舌を走らせる。

「んっ……んっ……」

玲奈は必死に喘ぎ声をこらえていた。しかし、舌が粘膜に触れるたびに、びくっ、びくっと下半身が躍る。

きっと、すごく感受性の高い身体をしているのだろう。

狭間を舐めあげていき、その勢いのまま、上方の肉芽をぴんっと撥ねた。

「あんっ……！」

初めて玲奈は喘ぎ声をあげ、それを羞《は》じるように、口を手でふさいだ。

（やはり感じている……！）

一見クールな女性を感じさせることは、男の悦びのひとつでもある。

宏一朗は左右の指を包皮に添えて、斜め上方に引っ張った。すると、つるっと莢《さや》が剝けて、小さな豆があらわになった。

珊瑚色にテカるクリトリスを、ゆっくりと上下に舐めた。

とくに、下から上へ、下から上へと舐めあげる行為を気長に繰り返した。すると、焦れてきたのか、玲奈は恥丘をゆっくりとせりあげて、

「ぁあああ、ああうぅぅ……」

手の甲を口に添えて、必死に喘ぎを押し殺している。

そこで、宏一朗は指をつかった。

クリトリスを舌で撥ねながら、右手の指をつかって膣口をまわすようになぞってやる。

舌を横に振って、つづけざまに肉芽を撥ね、同時に指で膣口の周辺を撫でまわしつづけていると、玲奈の腰がいっそう上下に揺れて、

「ああ、何をかったるいことをしているのよ。クリを吸って。吸いながら、指を入れて……やりなさい！」

命じてくる。

宏一朗は要望どおりに、肉芽を強く吸い込みながら、中指を膣口に押し込んでいく。中指がぬるぬるっと嵌まり込んでいって、

「くっ……！」

玲奈ががくんとのけぞった。

強烈な締めつけだった。

宏一朗の中指は他の男よりは太いが、男根と較べたら断然細い。その細い中指を膣の粘膜がぎゅ、ぎゅっと締めつけてくるのだ。

「ぁああ、いい……何をしているのよ。ストロークして。指を動かしなさい。クリも舐めて！」

玲奈の叱咤が飛んできた。

どうやら、激しい攻めのほうが感じるらしい。

宏一朗はここぞとばかりに肉芽を吸い、舐め転がしつつ、中指を往復させた。かるくピストンして、さらに、ぐるりと指腹を上に向けて、Gスポットを擦ってやる。

レロレロッ、グイグイとつづけているうちに、玲奈の様子がさしせまってきた。

「ぁああ、イキそうよ。イカせて。きっちりイカせなさい……そうよ、そう……もっとご奉仕をして。もっとご奉仕……ぁあああ、イクわ。イク、イク、イッちゃう

……イクぅぅぅ……！」

玲奈は親指を反らせて、顔をのけぞらせた。

それから、がくん、がくんと躍りあがり、やがて、息絶えたように静かになった。

3

絶頂から回復した玲奈は、ワンピースを脱いで、赤いブラジャーを外した。

客室の床にすっくと立った玲奈は、赤いハイヒールを履いて、太腿までの黒いストッキングを穿いているが、それ以外つけているものはない。

「ここまで這ってきなさい」

腕を組んだ玲奈が言う。

「這うんですか？」

「そうよ。不服なの？」

「いえ……滅相もございません」

「それでいいのよ。ほら、這って」

宏一朗は言われたように、床に這った。

毛足の長い絨毯だから、痛くはない。しかし、全裸で女の前で四つん這いになるのは、プライドを傷つけられる。

屈辱感に見舞われた。しかし、これも愛する仁美のためだ。

それに、他に見ている者はいないのだから。

四つん這いになって、右手と左足を一緒に前に出し、次は左手と右足を出す。

恥ずかしいからうつむいている。

玲奈の足元が見えてきて、顔をあげていく。

赤いハイヒールを履いたすらりとした脚線美、見事にくびれたウエストに両手を当てて、玲奈は立っている。下から見あげるせいで、足はいっそう長く、形のいい乳房はさらに形よく見える。下側の充実したふくらみが見えて、赤い乳首がツンとせりだしている。

玲奈のととのった顔に一瞬、残忍な笑みが浮かんだ。

四つん這いになっている宏一朗の背中にまたがって、足をできる限り浮かせ、

「ほら、部屋を往復しなさい。ほらっ！」

玲奈はそう言って、右手を後ろにまわし、宏一朗の尻をピシャッと叩く。

「わ、わかりました」

宏一朗はゆっくりと手足を出して、前に進む。

足を浮かされると、体重がもろにかかって、支えるのがつらい。しかし、ただ苦しいだけではなく、どこか隷従することの悦びのようなものがあるのが不思議だ。

それに、玲奈の乗っている背中の一部に、何やら湿ったものを感じる。おそらく、これは玲奈の濡れたオマンコだろう。

(何だかんだと言いながらも、玲奈は気持ちいいんだ。感じているんだ。俺はこうやって彼女を感じさせているんだ)

宏一朗はそう考えることによって、自分の自尊心を保った。

四つん這いになって部屋を二往復すると、さすがに疲れてきた。膝も痛い。

「ダメね、歳とった馬は……もう、息が切れてるじゃないの。いいわ。もう一往復で許してあげる。ほら、最後くらい、びしっと歩いて！」

ふたたび、尻を手のひらでぴしゃっと叩かれた。

「くっ……！」

その痛さに耐えて、宏一朗は最後の力を振り絞った。どうにかして往復し、元の位置に戻ると、

「頑張ったじゃないの。いい子ね、ご褒美をあげるわ。そこに寝て」

玲奈がベッドを指す。

宏一朗は一安心して、ベッドにあがった。

やたら大きいキングサイズのベッドに仰向けになると、玲奈がまたがってきた。

乗馬プレイを強いられ、小さくなった肉茎を見て、

「しょうがないわね、大きくしてあげるわ。誤解しないでよ。これを挿入するためにするんだからね。好きでするんじゃないから」

言い訳がましく言って、玲奈は足の間にしゃがんだ。

(フェラチオしてくれるのか？　まさかな……)

だが、そのまさかだった。

玲奈はくたっとした肉茎の根元をつかんで、前後に振った。すると、柔らかな棹が鞭《むち》のようにしなって、ぴたん、ぴたんと体に当たり、その刺激でイチモツが少し力を漲らせた。

すると、玲奈は根元を握って、かるくしごきながら、上からたらっと唾液を垂らす。

唾液が亀頭部に命中して垂れ落ち、それをまぶすようにして、指で亀頭冠にかけてしごいてくる。

たらっ、たらっと何度も唾液をしたたらせ、潤滑剤にして肉棹を擦る。柔らかくリ

ストを使って、大きく素早く擦り、ちらりと宏一朗を見る。

きっと宏一朗は陶然とした顔をしていたのだろう、玲奈はふふっと笑い、宏一朗の両膝の裏をつかんで、押しあげる。

宏一朗はまるで赤ちゃんがオシメを替えられるようなポーズを取らされて、恥ずかしくてしょうがない。きっと、皺袋はおろか肛門まで丸見えだろう。

「いつまで、わたしにやらせているのよ。自分で膝を持ちなさい！」

ビシッと言われて、宏一朗は自ら両膝をつかんで、開いたままの状態にする。

「ふふっ、それでいいわ。絶対にこの格好を保っているのよ。何をされても……わかったわね、返事は？」

「はい……承知しました」

「いい返事だわ……このままよ」

玲奈の顔の位置が低くなった。次の瞬間、ぬるっと会陰部を舐められていた。

「あ、くっ……！」

ぞわっとした戦慄が流れて、宏一朗はおののく。

玲奈は委細かまわず肛門と睾丸の間の縫目に、つるっ、つるっと舌を走らせ、さらに、連続して撥ねるようにする。

「ああ、そこ……くっ……！」

「気持ちいいでしょ？」

「はい……ぞくぞくします」

「女王様が奴隷ちゃんにしてあげているんだからね。ありがたく思ってよ」

「はい……ありがたいです」

「そうよ。じゃあ、これは？」

次の瞬間、片方の睾丸がなくなった。

向かって右側のキンタマを、玲奈に頬張られていた。

そして、口のなかにおさめたまま、玲奈はぐにゅぐにゅと転がす。その際、何かの加減でキンタマを圧迫されるような疼痛《とうつう》を感じて、

「くっ……！」

と、宏一朗は息を吸い込む。

「どうしたの？」

玲奈がいったん吐き出して言う。

「今、キンタマが潰れるかと……」

「ふふっ、ぎゅっと圧迫してみたの」

「や、やめてください。それだけは……何をされてもかまいませんが、キンタマだけは」

そう宏一朗は哀願していた。

「ふふっ、男にとってタマタマはやっぱり大急所なのね。じゃあ、わたしの言うことを聞くのよ。そうしないと、今度はタマを本当に潰すから」

「承知しました。キンタマだけは……」

「わかったわ。逆らわない限りはしないから、大丈夫」

そう言って、玲奈が裏筋を舐めあげてきた。

徐々に力を漲らせつつあるイチモツの裏側に舌を走らせると、そのまま頬張ってきた。最初はゆっくりとその感触を確かめるように唇をすべらせる。

(ああ、おしゃぶりされている!)

まさか、クールで高慢な玲奈が、自分のイチモツをおしゃぶりしてくれるなんて思いもしなかった。

ただただご奉仕を強要されたり、屈辱的なことをされるのかと思っていた。だが、予想と違った。

玲奈は強く根元を握って、ぎゅっ、ぎゅっとしごきながら、同じリズムで唇を往復させる。敏感な亀頭冠の裏側にも舌や唇が入り込み、すべっていく。

どんどん快感がひろがってきた。

「どう、気持ちいい？」

玲奈はいったん吐き出して言い、また頬張ってきた。

「んっ、んっ、んっ、んっ……！」

つづけざまにストロークされ、強くしごかれると、ふいに射精感が込みあげてきた。

「ああ、ダメだ。出てしまう！」

思わず訴えると、玲奈はちゅるっと吐き出して、

「情けない男ね。もう出ちゃうの？　堪え性のないチンコね。手シゴキだけで、びくんびくんしてるじゃないの」

してやったりという顔で、宏一朗を見る。

玲奈にとって、フェラチオはご奉仕ではなく、男を攻めたてるための戦法のひとつなのだろう。

玲奈はまた頬張って、手指と連動して激しく唇をすべらせ、宏一朗が射精しそうになると、動きをぴたりと止めた。

それを数回繰り返されると、宏一朗のイチモツは感覚を失って、鈍化してきた。た

だただ先走りの粘液だけがとろっとあふれ、血管がいっそう浮きあがった。

4

玲奈がまたがってきた。

向かい合う形で屹立をつかんで導き、慎重に腰を落とした。

蹲踞《そんきょ》の姿勢で、くなりくなりと腰を揺すって、濡れ溝を亀頭部に擦りつける。ぬるっ、ぬるっとすべって、オマンコがいかに濡れそぼっているかがわかった。

位置を定めて、玲奈は沈み込んでくる。

膝を開いたままなので、黒々とした翳りの底にイチモツが嵌まり込んでいくのが、はっきりと見えた。

「うあっ……！」

玲奈がのけぞった。途端に、膣肉がキュ、キュッと締まって、分身を包み込んでくる。

（おおぅ、締めつけながら引き込もうとする！）

あまりの具合の良さに、宏一朗は奥歯を食いしばった。

衝撃がおさまったのか、玲奈がゆっくりと腰を前後に振りはじめた。

膝を立てて開いている。その長い足は太腿までの黒いストッキングに包まれていて、太腿から上の素肌の部分をとてもいやらしく感じる。

それから、玲奈は両手を後ろに突いて、かるくのけぞった。

腰を前後に振りはじめる。

M字開脚された長い太腿の奥で、蜜まみれの肉柱が翳りの底に出入りするさまがよく見えた。のけぞった上半身の下から見える乳房が野性的だ。

そして、玲奈は後ろに両手を突きながら全身をつかって、屹立を抜き差しさせ、

「ぁああ、ぁあああああ、あうぅぅぅ……」

と、あえかに喘いで、顔をのけぞらせる。

言葉では、それを肯定していないが、おそらく感じているだろう。素直に、気持ちいいと言えばいいものを。だが、少なくともこの段階では言いたくないのだろう。

玲奈はしばらくその姿勢で、快感が高まるのを待っているようだった。

規則的な腰振りが、徐々に活発になってきた。

「ぁああ……ぁあああ！」

艶めかしく喘ぎながら、徐々に大きく激しく腰を振りはじめた。

勢いがつきすぎて、つるっと肉棹が抜けて、

「ぁああん、逃げちゃった」

玲奈は外れたイチモツをつかんで導き、ゆっくりと腰を落とす。それがふたたび入り込むと、今度は前に屈んできた。

両手を脇に突いて、上から宏一朗を見おろして、じっと見る。

それから、腰の上げ下げをはじめた。

かなり前屈みになって、振りあげた腰を上から落とし込んでくる。

ズブッ、ズブッと屹立が奥まで届いて、

「んっ……んっ……んっ……ぁああ、気持ちいい」

初めて快感の言葉をあらわにした。

それからまた、角度と体勢を調節して、腰を落とし込む。

確か、アダルトビデオ界では『杭打《くい》ち』と呼ばれる女性上位である。

大きく足を開いた玲奈は、まさに杭打ち式に腰を振りあげ、打ちおろしては、

「あんっ……あんっ！」

抑えきれない声を洩らす。

玲奈の尻と宏一朗の下腹部がぶつかっている。同時に、イチモツも一気に奥まで潜

り込んでいって、子宮口を叩く。叩かれるたびに、玲奈は「あんっ」と喘ぐ。
・そのリズムが徐々に速くなっていき、宏一朗は射精しかかって、それを必死にこらえる。
「どう、出ちゃいそう？」

玲奈が訊いてくる。

「はい……出ちゃいそうです」

「出してもいいのよ。出しなさい。そうら、今、いっぱい出したら気持ちいいわよ。ぁあああ、ぐりぐりしたくなった」

玲奈はいったん杭打ちをやめて、腰をグラインドさせる。

もう青息吐息の愚息が狭い肉路に揉み込まれて、うれしい悲鳴をあげる。

だが、ここで実際に射精してしまったら、何と言われるかわからない。ここはぐっとこらえる。

と、玲奈がまた腰の上げ下げをはじめた。

今度はさっきより、激しいし、速い。

まさに杭打ち機のように、つづけざまに打ちおろしてくる。ぴたん、ぴたんと乾いた音が撥ねて、

「あっ、あっ、あんっ……」

玲奈は甲高《かんだか》い声で喘ぐ。

目の前で乳房もぶるん、ぶるるんと縦揺れしている。

「出したい？　出したいんでしょ？」

玲奈が訊いてくる。

「はい……」

「いいのよ、出して……そうら、出しなさい。あんっ、あんっ、あんっ……」

玲奈が激しく腰を打ちおろしながら、華やかに喘いだ。

きっと本人もそろそろイクのだろう。

宏一朗も本当は出したい。しかし、我慢した。

こういうとき、歳をとってペニスの感度が鈍くなっていることが幸いした。

「イキなさい。出すのよ……出して……ぁあああ、ダメッ……イッちゃう！」

玲奈は激しくのけぞり、ぶるぶるっと痙攣して、どっと前に突っ伏してきた。

ぐったりして、体重をかけてくる。

時々、痙攣の波が走り、そのたびに膣も収縮して、イチモツを締めつけてくる。だが、宏一朗はまだ出していない。

これが若い男だったら、玲奈の杭打ちピストンであっと言う間に、精液を搾り取られていただろう。だが、宏一朗のペニスは鈍感である。

鈍感さが功を奏するときもある。

身体を寄せている玲奈のさらさらの髪を撫でていると、彼女がエクスタシーから回復して、キスをしてくる。

ディープキスで舌をもてあそんだ。そのとき、いきなり舌をかるく嚙まれた。

「ツッ……！」

あわてて舌を逃がす。

「ふふっ、射精しなかったバツよ」

宏一朗を見おろして、微笑む。

舌の痛みが、宏一朗のなかに潜む欲望をかきたてた。

背中と腰をつかみ寄せると、宏一朗は下から突きあげる。

猛《たけ》りたつものが斜め上方に向かって、膣を擦りあげていき、

「ぁあうぅ……やめなさい。やめて……自分から腰を振ってはダメ……あんっ……ぁあああ、んんん……あんっ、あんっ、あん……」

玲奈は途中から抗えなくなって、女の声をあげはじめた。

(何だかんだ言っても、女なんだ。オマンコを突かれれば、弱い。気持ち良くなってしまう。それが宿命なんだ)

宏一朗は下から玲奈の肢体を抱き寄せ、逃げられないようにして、ずんずん突きあげた。

この体勢は自分が下になっているせいか、さほど疲れない。ぐいぐいぐいっと撥ねあげると、玲奈はがしっとつかまって、

「あん、あん、あん、あんっ……」

随分と愛らしい喘ぎ声を放つ。

突きあげていくうちに、宏一朗もだんだん快感が増してきた。

「玲奈さま、イッてもよろしいんですよ」

「……誰が、お前なんかに……」

玲奈が素に戻って、離れようとする。しかし、本気でそうしたいのではないことはわかる。

「ダメですよ。逃がしません。そうら、玲奈さま、おイキになってください。私も出させていただきます」

慇懃《いんぎん》に言って、宏一朗はつづけざまに突きあげた。

「あん、あん、あんっ……ぁあああ、来るわ。来る……ぁあああ、もう、もう、イクぅ……」

玲奈がかわいらしく訴えてくる。

宏一朗ももうこらえきれなくなった。

背中と腰をぐいとつかみ寄せて、連続して打ち据えた。

「あん、あん、あん……イクぅ……！」

玲奈がのけぞるのを見て、駄目押しとばかりに奥まで届かせたとき、宏一朗も目眩《めくるめ》く瞬間を体験していた。

頭のなかで火花が散って、尿道口が灼《や》けるような射精感が通りすぎていく。

「ぁおおおっ！」

吼えながら、もう一度叩き込んだ。

「また、イクぅ……！」

玲奈が二度目の絶頂を迎えて、ふたたび、がくん、がくんと躍りあがった。

放っている分身を、気を遣った膣がひくひくっと締めつけてくる。その動きに、宏一朗は残っていた精液を搾り取られる。

（ぁああ、天国と地獄が一緒に来ている！）

宏一朗は腰を突きあげたまま、じっとしている。

やがて、玲奈がぐったりと身を任せてきたので、宏一朗も腰をシーツに落とした。

——だが、それで終わりではなかった。

回復した玲奈は、徹底的なクンニを要求してきた。

宏一朗は舐め奴隷と化して、何時間もクンニをしつづけ、ご奉仕を終えたときには宏一朗の舌はすり切れて、血が滲んでいた。

第六章　リベンジセックス

1

　宏一朗としては目一杯、山村玲奈にご奉仕をしたつもりだった。ホテルの部屋を去るときには、玲奈は仁美の提案を再考すると約束した。

　だが……。

　一週間経っても、二週間経っても、状況はいっこうに変わらなかった。

　山村玲奈があの案に賛成したという話も、そのために動いているというウワサもまったくなかった。

　その日、宏一朗は部長室を訪ねて、問い質した。

「あの案件はどうなりました？」

「あれですよ。私が部長の奴隷になったら、今宮課長の提案したオンライン専用のショールームを作るという案を再考して、推すという件ですよ。あれはどうなったんですか？」

「ああ、あれね」

正面に座った玲奈が、この前のように足を組み直した。大きく、ゆっくりと足を組み替えた。その際、太腿の奥に水色のパンティがはっきりと見えた。

(ダメだ。今度は騙されないぞ！)

宏一朗は視線をあげて、じっと玲奈を見た。

「再考はしたのよ。でも、やはりダメだという結論に達したの」

「それでは、困ります！　このままでは、あなたの反対でせっかくの画期的な案が潰されるんですよ」

「だから、再考したでしょ。約束は守ったわ。あのとき、わたしは再考するとは言ったけれども、賛成するとは言っていない。だいたい、一度寝たくらいで、何をそんなにいきりたっているのよ。甘いんじゃない？」

宏一朗は呆れて、真実を問うた。

「最初から賛成するつもりなんてなかったんですね。ただ、私を貶《おとし》めたかった。そうなんですね？」

「貶めた？　わたしがあなたを？　反対でしょ。わたしが寝てあげたのよ。あなたが可哀相だったから、寝てあげたのよ。粗チンのくせに、イキがるんじゃないわよ」

玲奈がすくっと立ちあがった。

（いや、俺のここは巨根ではないが、粗チンではない。標準クラスのはずだが……）

必死に打ち消していると、玲奈はソファに座っている宏一朗の前に立った。

ハイヒールを脱いで、ストッキングに包まれた右足を持ちあげた。そのまま、宏一朗のズボンの股間を踏みつけてくる。

「あらあら、どんどん硬くなってきてる。あなた、マゾなの？　そうよね。わたしに馬乗りされて、悦んでいたものね」

「………！」

あまりの侮辱に、宏一朗は耐えきれなくなった。

「やめるんだ！」

その足をどかして、立ちあがり、そのまま振り返らずに、部長室を出た。

二日後の夜、宏一朗は「刈谷《かりたに》探偵事務所」のオフィスにいた。

前のソファには、所長の刈谷茂雄《しげお》が座って、宏一朗の話を聞いている。

刈谷は宏一朗と同じ中学の出身者で、昨年、同窓会を都内で開いたときに、ひさしぶりに再会した。そのとき、刈谷は長年勤めていた市場調査会社をやめて、今は個人で探偵事務所をやっていると聞いた。

先日、玲奈の裏切りを知り、このままやられっぱなしでは済まさない、と宏一朗は心に決めた。

そこで、刈谷のことを思い出して、早速連絡を取り、今会っているところだ。

「じゃあ、山村玲奈は清水常務とできている確率が高いってことだな」

「ああ、たぶん、できている。そうでなければ、清水常務がいつも山村部長の案を支持するはずがない。理由がないんだよ。それに一時、二人のことがウワサになった。たぶん、今もまだつづいていると思う」

それから、玲奈も結婚しているが、子供はおらず、どうやら夫婦間も疎遠で、おそらくセックスレスだということを伝えた。

そして、清水常務は現在六十五歳で、やたら気が強くて派手な妻がいる。

一見、夫婦仲は良さそうだが、じつはもう完全にお互いの愛情は冷めていると聞いたことがある。

「なるほど……それで、二人が密会しているその証拠を押えればいいんだな？」

「ああ……頼むよ」

「だけど、すぐに二人は密会しないということもある。そのときは、やたら経費がかかるぞ。いいのか？　お前が同級生だからと言って、安くはしないからな」

「ああ、いいんだ。多少かかっても、出すよ。あの女の鼻をあかさないことには、腹の虫がおさまらない」

「そんなに、プライドを傷つけられたか？」

「ああ……」

「それだけじゃなさそうだな。お前、その今宮仁美が好きなんだろ？　どうにかして彼女を助けてやりたい。そのためには、山村玲奈の弱みを握るしかない。そういうことだよな？」

「わかるか？」

「ああ、お前のことならだいたいな……さしあたって、山村玲奈の追跡調査をすることにしよう。もしかして、清水常務以外と肉体関係があることだってある」

「わかった。頼むよ。くれぐれも悟られないようにな」

「俺がそんなドジを踏むわけがないだろ。大丈夫だ。任せておけ。俺には腕の立つアシスタントがいるしな」

「頼むよ……で、今夜はどうする？　時間があるなら、ひさしぶりに呑むか？」

「いいな。前祝いと行こうじゃないか。行こう」

刈谷が立ちあがり、宏一朗も腰を浮かした。


十日後、宏一朗はふたたび刈谷探偵事務所にいた。

目の前には、現像された写真が十枚ほどあり、他に報告調書もファイルに入っている。

その写真には、Sデパート九階にあるオフィスの一室での、二人の痴態が映っていた。

少し離れたところに十階建ての雑居ビルがあるのだが、その屋上から望遠レンズで常務取締役室を盗撮したものだという。

一枚目の写真では、二メートルほど開けられたカーテンの向こうで、清水常務と山村玲奈が抱き合って、キスをしている。

これでは顔ははっきりとわからない。しかし、次の、抱き合ったまま見つめ合っている写真では二人の顔がしっかりと写っていた。

それだけでも二人の不倫関係を証明するには充分だが、三枚目には、仁王立ちした清水常務のさげられたズボンからいきりたつものを、フェラチオしている玲奈の後ろ姿が撮られていた。

「次の写真を見てみろ。驚くぞ」

刈谷が言う。

その写真には、窓につかまっている玲奈を立ちバックで犯している清水常務の顔までもがはっきりと映っているではないか。

「すごいな。これを突きつけられたら、ぐうの音も出ないな。よく見つからなかったな？」

「ああ、たぶんこの頃はさすがの山村玲奈もうっとりしちゃって、物を見ているようで見ていないのさ。まさか、かなり離れたビルから望遠で盗撮されているなんて、思いもしないだろうな……苦労したよ。玲奈が他で男と逢っている気配がまったくないんで、ひょっとしたらと思って、デパートのオフィスを見張ってみたんだ。そうしたら、これだよ。灯台もと暗しと言うしな。まさか、常務取締役室でやっているとはな。秘書の目も光っているだろうに、大したタマだよ。オタクの常務も部長も。ホテルだと誰か知り合いに見られる恐れがあるからな。まあ、これも優秀な俺だから撮れたんだ。お礼はたんまりと弾《はず》んでほしいよ」

「わかった。色をつけさせてもらうよ……よし、これで準備はととのった。きっちりと落とし前をつけさせてもらうよ。ありがとう」

「いいってことよ。仕事だからな」

「じゃあ、呑みに行くか」

「お前のおごりだぞ」

「もちろん」

宏一朗は写真などのデータと調書を受け取って、二人で事務所を出た。

2

翌日、宏一朗は部長室で、玲奈と逢っていた。

引き攣った顔をしている玲奈の前のテーブルには、昨日、刈谷から受け取った写真が置いてある。それを一枚、また一枚と見た玲奈の顔が見る間に青ざめ、やがて、表情を失った。

そこで、宏一朗は引導を渡すことにした。

「これは、ある人が撮ってくれたものです。山村部長と清水常務が写っている。常務取締役室で、あなたは常務のチンコを舐めている。これなんかは、立ちバックで嵌められて、あんあん喘いでいる。ひどいもんだ。デパートのオフィスでオマンコなさってる。これを、他の者が見たら、どうなりますかね？」

玲奈はきりきりきりと宏一朗を見つめて、吐き捨てるように言った。

「……それで、あなたの要求は？」

「まずは、今宮課長の出しているオンラインショップの件、賛成してください。もちろん、清水常務も賛成にまわっていただきたい。それで、この案を会社で通していただきたい。簡単なことでしょ？　あなたたちが賛成にまわれば、すぐに決まる。それが実現できないときは、この写真を公《おおやけ》にします。そうすれば、あなたも常務も非常にマズい立場に置かれる。やっていただけますね？」

「……わかったわ」

「では、明日には行動に移ってください。それで、課長の案が通って、実現されて初めて、この写真をデータごと消してあげます。よろしいですね？」

「絶対に守ってよ」

玲奈が強い眼光を浴びせてくる。

やはり、不安なのだ。この写真が公になれば、玲奈はすべてを失う。部長という地位も、信頼も。

「ショールームができたら、絶対に消します。それは約束します。それと……もうひとつ」

宏一朗が言うと、玲奈の表情が曇った。

「まだあるの？」

「ええ……私には取り戻したいものがあります。それは、私のプライドです。そのために、あなたにはやってもらいたいことがある」

「何よ？」

玲奈の顔がまた険しくなった。

「部長はまだあのホテルにお泊まりですか？」

「そうだけど……」

「では、今夜、部屋にうかがいます。そして、ベッドで私の言うことを聞いてもらいます。それと……今は午後三時ですが。デパートの閉店時間まで、いっさいの下着をつけないでいてください。つまり、ノーブラ、ノーパンで過ごすんです」

「何を言ってるの？　いくら何でもそれは無理よ」

「できないのなら、この写真をばらまきます。データは取ってあるので、それを皆さんのパソコンに流します」

「やめて！　わかったわ。やればいいんでしょ？」

「では、私の見ている前でお願いします」

宏一朗が言うと、玲奈は悔しそうに唇を嚙みしめながら、ジャケットとブラウスを脱いだ。そして、背中に手をまわして、シルクベージュのブラジャーを外して、抜き取った。

いつ見てもたわわで形のいい乳房が、部長室ではいっそう卑猥に見える。

視線を感じたのか、玲奈は後ろを向いて、ノーブラで白いブラウスを着る。

それから、スカートのなかに手を入れて、パンティストッキングを丸めて脱いだ。

「パンティを脱いで。その上に、パンティストッキングを穿いてください」

「わかったわ」

玲奈は素直に従って、シルクベージュのパンティを脱ぎ、その上にパンティストッキングを穿いた。

「スカートをあげて、こっちを見て」

言うと、玲奈はスカートを引きあげて、おずおずとこちらを向いた。

すごい光景だった。

肌色のパンティストッキングから、漆黒の翳りが透けて見える。

そして、白いブラウスの胸のふくらみの左右二箇所が、ツンと頭を擡げていて、そこだけがわずかに変色している。

「もう、いいかしら？」

「いいですよ。今夜、私に逢うまではノーパン、ノーブラでいてください。逢ったときに下着をつけていたら、この写真を公開しますから……そうですね。午後七時にホテルの一階にあるレストランGで待ち合わせをしましょう。いいですね？」

「わかったわ。だから、絶対に約束を守ってよ」

「妙なことをなさらなかったら、大丈夫です……その写真はあげます。清水常務が首を縦に振らないときは、それを見せてやってください。では……」

宏一朗はくるりと踵《きびす》を返して、部長室を出た。

午後七時、宏一朗がレストランに入っていくと、すでに、玲奈は来ていて、テーブル席に着いていた。

命じたとおりに、玲奈はブラジャーをつけていなかった。

ノースリーブのゴージャスなドレスを着ていたが、持ちあがった胸のトップには明らかにそれとわかる突起が二つせりだしていた。

下半身には、透過性の強い黒いパンティストッキングを穿いている。

席に着くなり、

「ノーパンでしょうね？」

小声で確かめると、玲奈がうなずいた。

コースを頼んで、まずは、シャンパンで乾杯をする。

それから、前菜が来るまでの時間を利用して、宏一朗は持ってきた小さな箱を玲奈に手渡した。

「あなたへのプレゼントですよ。開けてみてください」

玲奈がリボンを解いて、黒い箱を開け、なかのものを見て、ハッと息を吞む。

そこには、紫色の楕円形の物体が入っているはずだ。

「何、これ？」

宏一朗は声を潜めた。

「ローターですよ。今から、トイレでこれをあそこに入れてきてください。ここに、そのリモコンがあります」

宏一朗がポケットから出したものは、同じ紫色のスイッチで、ボタンを押せばスイッチが入り、さらに、振動の強さやリズムが変わる。

じつは探偵の刈谷から提案されたものだった。

刈谷はこれまで様々な性を愉しんできたらしい。そのせいで、妻には離婚されたのだと言う。

そして、アダルドグッズにも詳しく、山村玲奈を凝らしめるなら、と様々なグッズを見せられた。そのなかで、宏一朗はこの無線でリモートコントロールできるローターを選んだ。

膣に挿入する楕円体は意外に大きく、計ってみたら、直径三センチ、長さが八センチあった。卵のような形をしているから、膣につるりと入り、いったん入ったら抜けないはずだ。いざとなったときに引っ張り出せるように、黒い輪になったコードのようなものが付いている。

玲奈はパタンと蓋を閉めて、いやいやをするように首を振った。

「ダメですよ。やらないと、あの写真を社員のパソコンに流します。それでいいんですね？」

「……わかったわ」

玲奈はプレゼントされた箱をハンドバッグに入れて、席を立ち、トイレに向かう。

ひとり残された宏一朗は、ぼんやりと自分のしていることを考えた。

(俺はこれを、玲奈を懲らしめるためにやっているんだろうか？)

もちろん、基本的にはそうだ。玲奈にあのときの復讐をしたい。

しかし、それだけではないような気がする。どこかで、愉しみたいという思いがある。

羞恥責めをして、玲奈を懲らしめることは即ち、自分の快楽でもある。

きっとそういうものは重なり合っているのだ。

刈谷に教えられなかったら、こんなことはしていないだろう。不思議な巡り合わせである。

しばらくして、玲奈が戻ってきた。

歩き方がいつもと違う。いつもは大股で颯爽と歩いているのに、今は歩幅を狭めて慎重に歩いている。やはり、膣に入れたローターが抜け落ちないか、心配なのだろう。

もちろん、パンティストッキングを穿いているのだし、いったん膣におさまった卵形のローターが抜け落ちることはない。それでも、もし歩いてくる途中で、愛蜜にまみれたあのローターが床に落ちて、それを他の客に見られたらとついつい不安に駆られてしまうのだろう。

「入れてきましたか？」

「……ええ」

「確かめますよ」

宏一朗は右手に持った紫色の小判型のスイッチの真ん中を押す。ここがオンオフの切り換えをするボタンになっていて、一回押して、玲奈の様子をうかがった。

おそらく今、ローターが細かい振動をはじめたのだろう。

それを膣粘膜に感じているだろう玲奈が固まった。

眉間に皺を寄せて、自分の内側を見ているような目になり、やがて、「んっ」と低く呻いて、唇を嚙みしめた。

その表情で、ローターが今、膣のなかで激しく振動していることがわかった。

ビーッという振動音がするのだが、ここからでは聞こえない。

それに、店にはＢＧＭが流れているから、おそらく、店員が近づいてきても、振動音は聞こえないだろう。

宏一朗はちらりと手のひらのなかの小判型のスイッチを見て、もう一度、押してみる。これで、振動が強に変わったはずだ。

様子を見ていると、明らかに玲奈の表情が変わった。

目鼻立ちのくっきりした美貌をうつむかせていたが、顔をあげて、宏一朗を見て、いやいやをするように首を振った。きっと、もう止めて、と言いたいのだろう。

だが、宏一朗はそれを無視して、強をつづける。

そのとき、女性店員が前菜を運んできた。

今何が行われているか知らない若い店員は、二人に向けて、前菜の素材や調理法の説明をしている。

玲奈はいちいちそれにうなずいているが、内心は「早く、行って」と考えていることだろう。

このときを狙っていた。

宏一朗はもう一度、スイッチを押した。

これで、振動のリズムが変わる。

ビーッという均一的な振動が、ビ、ビーッというリズムに変わって、ふいを突かれたのだろう、玲奈が「あっ……！」と声をあげて、あわてて口を手で押さえた。

「どうなされましたか？　大丈夫ですか？」

事情を知らない店員に訊かれて、

「いえ、何も……大丈夫よ。もう説明はいいから、行ってちょうだい」

玲奈が冷たく言う。店員が恐縮して、去っていく。

「いただきましょう」

宏一朗はしかとして言い、玲奈もおそるおそる手をつける。カルパッチョを口に運び、咀嚼する。

宏一朗がスイッチを押すと、リズムが変わって、

「んっ……！」

玲奈が大きく目を剝いて、宏一朗を見た。

宏一朗がまたスイッチを切り換えると、振動のリズムが変わって、

（もう、無理……）

とばかりに、玲奈は宏一朗を見て、右に左に首を振る。

それだけ感じてしまっているのだ。今、お腹のなかであの大きなローターが唸りをあげているのだと思うと、宏一朗も昂奮してしまう。

それから、スープ、魚料理、ソルベ、肉料理とコースがつづく間、宏一朗はポケッ

トのなかのコントローラーを操作しつづけた。

もちろん、ずっとつづけていくと、バッテリーがなくなる可能性があるので、途中で止めた。

すると、玲奈は安心したような顔をして、料理を口に運ぶ。

そして、デザートを食べ終えて、食後のコーヒーになったとき、玲奈はそれを一口飲んで、

「早く、部屋に行きたいわ」

宏一朗に訴えてくる。きりっとした表情が今はもうどこかぼぅとして、アーモンド形の目がセクシーに潤んでいた。

「我慢できないんですね？」

宏一朗が小声で言うと、玲奈は唇の前に一本指を立てて、シーッのポーズを作って、小さくうなずいた。

こちら側からでも、ドレスに包まれた腰がもの欲しそうに動いているのがわかる。

「いいでしょう。行きましょうか」

宏一朗が立ちあがり、玲奈も席を立つ。その際、ふらっとして、テーブルにつかまってじっとしていた。それから、

「大丈夫よ。行きましょう」

面をあげて、先に歩きだした。

3

ホテルの部屋に入るなり、玲奈は抱きついてきた。

宏一朗にキスをし、舌をからませながら、右手でズボンの股間をさすりあげてくる。よほど肉体の欲望がさしせまっているのだろう、股間のものを触りながら、もう我慢できないとでも言うように腰をくねらせる。

宏一朗は右手をおろしていき、ドレスの裾をたくしあげるようにして、太腿の付け根をとらえた。

パンティストッキングの基底部に手を当てると、ビーッ、ビーッというくぐもった音とともに、振動が伝わってくる。

「すごいな、これは。ビチャビチャだ。この濡れようはハンパじゃない」

そう言葉でなぶりながら、パンティストッキングの基底部をなぞると、そこがくにゃりと沈み込み、バイブレーションもはっきりと伝わってきて、

「あっ……！」

玲奈はがくんと腰を落とし、くねらせて、

「ねえ、して……お願い……もう、我慢できない……してよ。これが欲しい」

甘えた声でおねだりしてくる。

「その前に、おしゃぶりしてもらいましょうか？」

宏一朗はベッドの前で仁王立ちした。

すると、玲奈は前にしゃがんで、ベルトをゆるめ、ズボンとブリーフを引きおろして、足先から抜き取った。

宏一朗は自分が楽になりたくて、ベッドの端に腰をおろし、足を開いた。

ぐんとそそりたっているイチモツを見て、玲奈が顔を寄せてきた。

しゃぶりたくてしょうがなかったという様子で、躊躇《ちゅうちょ》することなく頬張ってくる。

両手を太腿に添えて、

「んっ、んっ、んっ……！」

くぐもった声とともに、顔を打ち振って、唇をすべらせる。

いったん止めて、ねっとりと舌をからめてくる。からめながら、ジュルジュルと唾液を吸いあげた。

そこで、宏一朗は手に持っているコントローラーのスイッチを押す。これで、振動が強に変わったはずだ。

「ぁあああああ……もう、もう、ダメっ……強すぎる。したくなってしまう。ぁああ、やめて……」

見あげて言いながら、玲奈は腰をくねらせる。

「いいぞ。してあげますよ。その前に、もっとしゃぶって！　しゃぶりなさい！」

強い口調で言うと、玲奈は一瞬、むっとしたように宏一朗を見たが、思い直したのか、屹立に唇をかぶせてきた。

今度は右手も動員して、根元を握りしごいている。そうしながら、ずりゅっ、ずりゅっと大きく唇を往復させる。

大きく背中の開いたドレスを着ているので、美しい背中がかなり下まで見えてしまっている。

いつもフィットネスクラブで鍛えているその背中は筋肉質で、それがどこか戦う女をイメージさせる。そんな女が今、自分のものを一生懸命におしゃぶりしているという事実が、宏一朗を昂らせる。

「そのまま、今度はキンタマを舐めなさい」

言うと、玲奈がぐっと姿勢を低くした。

そして、ベッドの端に腰かけている宏一朗の睾丸を、下から舐めあげてくる。

ととのった顔を横向けて、ぬらり、ぬらりと皺袋に舌を這わせる。

「いいぞ。次は肛門だ。俺の肛門を舐めなさい」

叱咤した。

玲奈は一瞬不服そうに見あげてきたが、すぐにやるしかないと考え直したのだろう、さらに姿勢を低くして、肛門にまで舌を伸ばす。

この体勢のせいか、実際には肛門に届いていない。それでも、玲奈は懸命に舌を伸ばして、会陰部を舐めてくる。

（あの山村玲奈が、俺の肛門を舐めようとしてくれている！）

宏一朗のプライドが少し戻った。しかし、まだまだこれからだ。

ふたたびコントローラーのスイッチを押す。振動のリズムが変わって、それがストロークを受けているように感じるのだろう。

玲奈はくな、くなと腰を揺らしながら、会陰部を舐めていたが、とうとうこらえきれなくなったのか、

「ダメっ……もう、ダメっ……ちょうだい。これを！」

いきりたっている肉棹をつかんだ。

「しょうがない人だな。いいでしょ？　そのままベッドに這って」

言うと、玲奈はハイヒールを脱いで、ベッドにあがった。

そして、四つん這いになって、こちらに向かって尻を突き出してくる。

ドレスの裾がめくれあがって、黒いパンティストッキングに包まれた尻と太腿が、宏一朗の視線を奪った。

透過性の強いパンティストッキングからは、愛蜜が滲みでていて、膣に埋め込まれたローターが唸っているその音がかすかに聞こえる。

宏一朗はパンティストッキングを膝までおろして、股間を見た。尻の底の花園からは黒いコードが突き出している。

「いいですよ。自分でヒリだしなさい。卵を生むんです」

「ぁああ、いやよ……」

「やるんです」

叱咤して、剝きだしになった尻たぶをバッシと叩いた。

玲奈は痛がって、それから、息みはじめた。

すると、膣の扉から紫色のローターがわずかに頭を出した。

「見えたぞ。ほら、もう少しだ」

玲奈が息み、宏一朗が黒いコードを引っ張ると、つるっとローターが抜けて、

「ぁああん……」

玲奈が名残惜しそうに喘いだ。

紫色の蜜まみれのローターは、宏一朗の持つコードにぶらさがって、ビーッ、ビーッと唸りながら振動をつづけている。

宏一朗はスイッチを切って、静かになったローターを傍らに置いた。

そして、玲奈をベッドの端まで引き寄せる。後ろから見る玲奈の肉花は潤み切っており、どろっとした蜜がしたたっている。

「すごい濡れようだな」

「ぁああ、しょうがないでしょ……」

「フレンチをいただく間、オマンコのなかでローターが振動しつづけていたんだからな。よく頑張ったよ」

宏一朗はいきりたつものを後ろから打ち込んでいく。

ぬるぬるっと切っ先が狭い肉路をこじ開けていき、熱く蕩けた粘膜がひたひたとからみついてきて、

「ぁあああ……！」

玲奈が顔をのけぞらせて、シーツをつかんだ。

長い間、バイブレーションを受けていたせいもあるのか、膣の粘膜は蕩けきっていて、とても熱い。

しかも、本当はこれが欲しかったの、とばかりに肉棹に吸いついてくる。

宏一朗は腰をつかみ寄せて、ゆっくりと腰を打ち振る。

そもそも、これは玲奈に貶められた自分のプライドを回復するためのセックスである。

そのためには、玲奈をとことんイカせることだ。腰が抜けるまでイカせて、自分の優位を示すしかないと今は思える。

徐々に打ち込みのピッチをあげて、深いところに届かせる。それを繰り返していると、玲奈の様子がさしせまってきた。

「あんっ……あんっ……あんっ……ぁあああ、ダメ。それ以上しないで！」

「じゃあ、やめましょう」

宏一朗がストロークをぴたりと止めると、逆に玲奈が求めてきた。

「いや、動いて……やめないで」

「今、それ以上しないで、と言ったでしょ？」

「バカね。それは、言葉のアヤよ」

「言葉のアヤ？　そうは思えないな」

「ぁああ、じれったい。イキかけているの。イカせて。わたしをイカせて、お願い……ぁああん」

玲奈が自分から腰を振りはじめた。

全身を使って、腰を打ちつけてくる。それを、宏一朗は床に足を踏ん張った姿勢で受け止める。

「してよ。突いて！」

「それではダメですね。しっかりとお願いしてくれないと……さあ」

「ぁああ、突いてください。お願いします」

「どこをですか？」

「わたしの……アソコよ」

「それではわからない。きちんと言ってください」

「わたしのオ、オマンコ……ぁあああ、ちょうだい」

「いいでしょう」

宏一朗は腰をつかみ寄せて、強く打ち据えた。

床に立っているから全身を使うことができる。ぐいっ、ぐいっとえぐり込むと、屹立が奥まで届いて、

「ぁあん……あんっ、あっ……ぁああ、いい……いいのよぉ……突いてくる。あなたのおチンチンがお臍まで届いてる！」

玲奈が嬌声をあげる。

宏一朗は右手を伸ばして、ノースリーブのドレスの胸元から手を差し込んだ。すぐのところにノーブラの乳房があって、たわわなふくらみを揉みしだくと、

「ぁああ、いいの……おかしくなる。わたし、おかしくなっちゃう！」

玲奈がもっともっとばかりに尻を後ろに突き出し、姿勢を低くした。

宏一朗は指に触れる乳首がカチンカチンにしこっているのを感じて、そこを指腹で捏ねた。くにくにと押し潰すようにすると、

「ああああ……いいの。それ、いい……もっとして。乳首を強く……」

玲奈がまさかのことをおねだりしてきた。

(女王様気質だと思っていたのに、肉体的にはMなのだろうか？)

そういう女を攻略することに、男としてやり甲斐を感じる。

宏一朗は尖っている乳首を指に挟んで転がした。くりくりっとまわして、ぎゅっと押し潰す。

「ぁあああ……！」

玲奈が悲鳴をあげた。その瞬間、膣がぎゅっと締まって、イチモツを包み込んでくる。

（ぁああ、最高だ！）

宏一朗はランナーズハイの状態になった。

乳首をひねり、もう片方の手で尻たぶを打った。

そうしながら、腰をつかいつづける。

スパンキングするたびに、膣も締まって、それが気持ちいい。

三ヶ所攻めをつづけていると、いよいよ玲奈がさしせまってきた。

「ああああ、あああ……ねえ、イクわ。イキそうなの……」

「いいんだぞ。イケよ。俺の前で恥をさらすんだ。お前は好きでもない男にさんざんいたずらされて、イッてしまう女だ。そうら、この売女が！」

宏一朗は乳首から指を離して、尻たぶをビンタする。右側の次は左側と、尻たぶを打擲するうちに、色白の肌が赤く染まってきて、それを見ると、宏一朗も昂奮した。

「そうら、イケよ」

最後は両手で尻をつかみ寄せて、腰をつかった。

全身を使って、イチモツを打ち込んでいくと、いよいよ玲奈が逼迫してきた。

「あんっ、あんっ、あんっ……イクわ、イク、イク、イッちゃう……！」

もう少し突けば、玲奈は気を遣るだろう。イカせて、めろめろにするのが今回の目的のはずだった。

しかし、ここに来て、それでは玲奈を悦ばせることにしかならないことに気づいた。

（ダメだ。ここは、もっと意地悪に、焦らして……）

宏一朗はいきなりストロークをやめた。

「ぁあああ、どうしてやめるのよ？　して。イキそうなの……お願い……してよ！」

玲奈が自分から腰を振ってせがんでくる。

「ダメですね。これでイカせてはあなたを悦ばせることにしかならない……脱いでください。マッパになるんです」

そう言って、宏一朗はクロゼットからバスローブを取り出すと、腰紐を外して、手に持った。

玲奈が服を脱いで、全裸になるのを待って、彼女の腕を後ろにまわさせた。そして、両手首をひとつに合わせて、腰紐でぎゅっと縛る。

「……………！」

乳房や繊毛をあらわにして、後ろ手にくくられた玲奈が、恨めしそうに宏一朗を見た。その視線がたまらなかった。

宏一朗も全裸でベッドに立った。

そして、フェラチオをさせる。

ここでも恨めしそうに宏一朗を見あげながら、玲奈はいきりたつものを頬張ってきた。

自分の愛蜜にまみれたものをいやいやながらも咥え、さらに、舌を這わせて舐め清める。

白い腰紐で両手を後ろ手にくくられて、手を使えない不自由な姿勢で猛りたつものに唇をかぶせて、顔を打ち振る。

時々、見あげて、目を伏せ、一心不乱に肉柱をしゃぶってくる。

後ろ手にくくられて懸命にご奉仕をしている姿を見たとき、ふいに破壊的な欲望が募って、気づいたときには、イラマチオしていた。

さらさらのミドルレングスの髪を両側から持ち、引き寄せながら、屹立を押し込ん

でいく。ジュブッ、ジュブッと音がして、泡を含んだ唾液がすくいだされ、

「ううう……！」

玲奈が苦しそうに眉根を寄せた。

その顔を見ると、溜飲がさがった。だが、まだだ。

後頭部を引き寄せ、自分でも腰を突き出して、切っ先をできる限り喉奥に届かせる。

すると、玲奈はえずいて、後ろに飛びのき、ぐふっ、ぐふっと咳をする。

「ダメだ。もう一度……もっと、奥まで咥えるんだ。ディープスロートくらいできるだろう？」

叱責して、ふたたび口に屹立を押し込んだ。

すると、今度は玲奈が一生懸命に頬張ってきた。後ろ手にくくられたつらい姿勢で、口だけでしゃぶっている。

形のいい乳房の頂上がツンとふたつせりだしていて、その赤い突起がいっそういやらしさを増していた。

玲奈は全身をつかって、丁寧に唇をすべらせる。

「よしよし、それでいいんだ。よし、くれてやる」

宏一朗は玲奈を押し倒して、仰向けにして、両膝をすくいあげた。

くくられた両手が背中の下になっているが、長時間でなければ大丈夫だろう。そこに狙いをつけて、打ち込んでいく。

とろっとした蜜まみれの花園がいやらしく赤い中身をのぞかせている。そこに狙いをつけて、打ち込んでいく。

熱い滾《たぎ》りに硬直が吸い込まれていき、

「はうぅぅ……！」

玲奈が顔をのけぞらせた。

「ぁああ、すごい。吸い込まれる」

宏一朗はその姿勢で動きを止めた。

さんざん焦らされたせいか、玲奈の女の証《あかし》はとろとろに蕩けていて、粘膜をまとわりつかせながら、全体がイチモツを手繰り寄せようとする。

（たまらんな、この女……！）

普段は肩で風を切って歩いているのに、今は女の弱みを見せて、女そのものになっている。

両膝の裏をつかんで持ちあげながらひろげ、ぐいと下に押す。すると、膣の位置があがり、打ちおろしていくペニスと角度がぴたりと合って、そのまま奥へとすべり込んでいく。

（うおお、まったりとからみついてくる……！）

打ち込むたびに、亀頭冠の裏のくびれに粘膜がまとわりつき、亀頭部が子宮口の柔らかなふくらみを捏ねることになって、宏一朗もどんどん逼迫してきた。

玲奈もこの体位が好きなのだろう。

打ち据えるたびに、「あんっ」と喘いで、顎をせりあげる。

「気持ちいいか？」

訊いても、玲奈は無言で答えない。

「気持ちいいかと訊いているんだ。答えなさい」

「……気持ちいいわ」

「イキたいんだな？」

玲奈が目を見て、こくりとうなずいた。

宏一朗は玲奈をイカせることにした。同時に、自分も射精したい。しかも、サディスティックな形で。

すらりとした足を両肩にそれぞれ抱えあげた。足を掛けたまま、ぐっと前に屈んでいき、両手をシーツに突くと、

「あぐっ……‼」

つらい姿勢を取らされて、玲奈が顔をしかめた。

玲奈は腰から身体を鋭角に折り曲げられていて、宏一朗の顔の真下に、玲奈のゆがんだ顔がある。

玲奈の表情を見おろしながら、上から突き刺していく。

ぐさっ、ぐさっと杭打ちをする。深いところに杭の先がぶつかっているのがわかって、

「あっ……あっ……」

玲奈はそのたびに、今にも泣き出さんばかりに、眉を八の字に折る。

（いい表情をする。俺はこの顔が見たかったんだな）

宏一朗は打ちおろしながら、途中ですくいあげる。すると、切っ先がGスポットを擦りながらも奥のポルチオにも届く。

ここに至って、宏一朗は若かりし頃に培ったテクニックを思い出していた。

それをつづけていると、玲奈の様子がいよいよさしせまってきた。

「あんっ……あんっ……ぁああ、もう、もうイク……イキます」

下からとろんとした目を向けて、訴えてくる。

今もまだ後ろ手にくくられて自由が利かないから、いっそう快感も高まるのだろう。

「いいんだぞ。イッて……そうら、俺も出すぞ……お前の子宮にぶっかけてやる。そうら、イケぇ！」

宏一朗もこらえきれなくなっていた。

ズブッ、ズブッと強烈なストレートを打ちおろし、途中からアッパーカットに切り換える。宏一朗のなかで熱い塊がとんどんふくれあがってきて、

「ぁあああ、イク、イクぅ……」

玲奈が顔をいっぱいにのけぞらせた。

「そうら、イケぇ！　この売女！」

最後の力を振り絞って、たてつづけに突いたとき、

「イク、イク、イッちゃう……いやぁああああぁぁぁぁぁ！」

玲奈は嬌声を噴きあげ、のけぞった。

今だとばかりに打ち込んだとき、宏一朗もしぶかせていた。

すべてを打ち尽くしたとき、宏一朗は思いを叶えたという達成感のなかで、がっくりと玲奈に覆いかぶさっていった。

4

一ヶ月後、Sデパートにはオンライン専用のショールームが設けられ、初日から多くの客が集まって、盛況を呈していた。

インターネットで見た商品を確認しにくるのだから、元来、そう客が押しかけるようなものではない。それなのに、初日からこれだけの客が押しかけるというのは、このショールームの成功を示しているようなものだ。

とくに、これまでなかった若い男女の客が中心となっていて、年齢層の拡張という意味でも、大いに意義があった。

あれから、玲奈は今宮課長の案を支持する側にまわり、その不倫相手である清水常務も積極的にその案を推したことにより、企画はスムーズに運び、今日、オープンにこぎつけたのだ。

デパートの重役たちがやってきては、その盛況ぶりに満面の笑みを浮かべている。

それに対応しているのは、もちろん今宮仁美である。

が、その脇には山村玲奈がちゃっかりいて、まるで自分の手柄のように重役たちに上機嫌で話しかけている。

そして、本田芽郁を始めとする企画課の連中が、客の対応に当たっている。

それを傍から見守りながら、宏一朗は満足感にひたっていた。

何より、現在の宏一朗の役割である今宮課長のアドバイザーの仕事をすることができた。

それに付随して、あの山村玲奈部長に仕事面でも、ベッドでも思い知らせることができた。

今も、この部屋にいる芽郁と仁美と玲奈の三人とベッドインしたことを思うと、面はゆいような、後ろめたいような不思議な気持ちだ。それまでは、とんと女性とはご無沙汰だったのだから、これは奇跡とも言える。

ショールームが盛況のうちに終わり、帰りしなに仁美が声をかけてきた。

「今夜はお礼をさせてください。レストランの予約をしてありますから」

きらきらした目で宏一朗を見る仁美は、自信がついたのか、前よりずっときれいになった。

返事をする前にちらりと周囲をうかがうと、芽郁がこちらを向いて、うなずいた。

許してくれたのだろう。

宏一朗もうなずいて、言った。

「わかりました。今夜はおごっていただきます」

「よかったわ。じゃあ、午後七時にAホテルのレストランPで、お待ちしています」

「了解です」

二人はまだ残っている仕事を片づけに、それぞれの持ち場に向かった。


高層ホテルの三十八階の客室で、宏一朗はシャワーを浴びていた。

部屋ではシャワーを浴び終えた仁美が待ってくれているはずだ。

(自分はバツイチで独身だし、仁美も夫に逝《い》かれた未亡人だ。つまり、二人の間には障害がない。俺たちは、つきあってもいいんじゃないか？)

股間を洗いながら、考える。

(いや、何を夢見ているんだ。自分は五十五歳で、仁美は三十二歳。父と娘ほどの歳の開きがあるんだ……)

自分の考えを戒《いまし》めた。

(いいんだ。仁美がしたいときにセックスに応じれば……それが、いちばん上手くいく。つきあうなど夢のまた夢だ……とにかく、今夜はベッドでともに祝おう！）

心を決め、バスローブを着て、シャワールームを出た。

部屋の明かりは絞られて、淡い間接照明のなかで仁美がベッドに横たわっていた。

羽毛布団をかぶって横臥し、じっとこちらを見ている。

その目がきらきらと光っていて、魅了される。

股間のものがぐぐっと頭を擡げるのを感じながら、宏一朗は近づいていく。ベッドの前でバスローブを脱いで、仁美の隣に体をすべり込ませる。

向かい合う形で抱き合い、キスをする。

キスをしながら上になって、布団をどかした。

どうやら仁美は一糸まとわぬ姿のようだった。舌をからめながら、手をおろしていき、側面を撫でさすった。

それから、乳房にぐりぐりと顔を埋めて、乳首にちゅっとキスをする。

「んっ……！」

びくっとして、仁美が震えた。

やはり、敏感な体をしている。

夫を亡くして、二年間の空白があった。それを今、宏一朗とのセックスで埋めようとしているのだろう。

仁美が言った。

「宏一朗さん、心からお礼を言います。あなたがいてくれたから、すべてが上手くいった。もう、これで二度も助けられたわ。知ってるのよ、宏一朗さんが山村部長に働きかけてくれたんでしょ？」

「さあ、どうかな。いずれにしろ、きみを助けるのが俺の仕事だからね。仕事をこなしたまでだよ」

照れもあって、そう言った。

すると、仁美はにこっとして、自分から唇を求めてきた。

宏一朗にぎゅっとしがみつき、引き寄せて、唇を重ねてくる。

自分から舌を押し込み、口のなかを大胆に舐めまわし、舌をからめてくる。そうしながら、すらりとした足を腰にまわして、宏一朗の腰を引き寄せる。

「ふふっ、宏一朗さんのおチンチンが当たってるわ。すごくカチカチね」

「ああ、きみを相手にするとすぐにカチンカチンになる」

「わたしのこと好き？」

仁美が踏み込んできた。

「……好きだよ、もちろん。だけど、どうなんだろう？　対等の男と女ではなくて、面倒見のいいオジサンって気持ちかな」

「……ダメじゃない。足長オジサンが面倒見てる女の子に手を出しては」

「そうだな……」

「ひょっとして、足長オジサンではないかもしれない。わたしのこと、女として愛していたりして？」

「……どうなんだろうな」

「いいわ。わたしたち、これからもそのへんを確かめていきましょうよ。ベッドのなかで、ずっと……」

「ベッドのなかで……？」

「ええ、気持ちが離れない限り。わたし、あの人のこと忘れたみたい。あなたが彼をわたしから追い出してくれたの」

そう言って、仁美がキスをおろしていった。

首すじから胸元にかけて顔を移し、乳首を甘噛みした。

「くっ……！」

思わず呻くと、仁美は見あげて微笑み、今度は舐めてきた。

一方の乳首に舌を這わせながら、もう一方の乳首を指でくにくにと捏ねたり、柔らかくまわし揉みしたりする。

ぞわっとした戦慄が駆け抜けて、イチモツがますます怒張した。

すると、それがわかったのだろう。仁美は肉茎を握って、ゆっくりとしごいた。そうしながら、乳首を舐め、指でも転がす。

「気持ちいい？」

仁美が訊いてくる。

「ああ、気持ちいいよ」

「こうしたら、もっと良くなるわ」

そう言って、仁美は顔をおろしていき、股間からそそりたっている肉柱を大胆に咥え込んだ。ずりゅっ、ずりゅっと大きく唇をすべらせる。

そうしながら、両手をあげて、乳首を指で転がしてくる。

「んっ、んっ、んっ……」

くぐもった声とともにつづけざまに肉棹を吸われると、えも言われぬ快感がひろがってきた。

「ぁああ、確かにこのほうが気持ちいいな。しかし、きみはどんどん上手くなっていくな」

感心して褒めると、仁美はちらりと見あげてにっこりし、また唇を大きく往復させせる。同時に宏一朗の乳首を指であやしてくれる。

「ぁああ、気持ち良すぎる……」

宏一朗はうねりあがる快感に酔いしれる。

しばらくすると、仁美はちゅるっと吐き出して、宏一朗の下半身にまたがってきた。

大胆に蹲踞の姿勢になって、ちらりと宏一朗を見る。宏一朗がうなずくと、いきりたつものを指でつかんで、濡れ溝に擦りつける。そこはもうしとどに潤んでいて、ぬるっ、ぬるっと亀頭部がすべる。

「ぁああ、気持ちいいの……これだけで、イキそう」

仁美は艶めかしく喘いで、切っ先を膣口に押し当てた。

指を添えたまま静かに腰を落とし、亀頭部がとば口を割っていくと、手を離した。

イチモツが肉路を一気に押し広げていくと、

「ぁあああ……！」

顔をのけぞらせて、背筋を伸ばした。

一瞬、がくんがくんと歓喜の舞いを見せ、それから、膝をぺたんとシーツにつけたまま腰を揺すりはじめた。

見事にくびれたウエストから下を、くなりくなりと前後に打ち振る。前後だけではなく、上下運動も混ざっていて、振り子のように振れている。

「ぁあああああ、あああ……いいの……ぐりぐりしてくる。たまらない……ぁあああああ、気持ちいい……わたし、おかしいんだわ。あなたを前にすると、おかしくなってしまう」

そう言って、仁美は腰をグラインドさせる。

宏一朗にも亀頭部が子宮口のふくらみを捏ねていることがわかる。そして、それがまたひどく心地よいのだ。

（よし、助けてやろう）

宏一朗は両手を前に出して、仁美の腰をつかんだ。そして、動きを助長するように前後に振ってやる。すると、腰振りの振幅が一段と増し、亀頭部が奥を捏ねるその感触も強くなり、

「ぁああ、ダメっ……許して。これ、ダメっ……許して」

仁美が訴えてくる。

「許さないよ……そうら」

宏一朗はぐいぐいと腰を揺らし、同時に腰をせりあげてやる。

すると、深度がさらに増して、受ける刺激が一段とあがったのだろう。

「ぁああ、ダメだって言ってるのに……ダメ、ダメ、ダメ……」

仁美が前に倒れて、ぎゅっと宏一朗にしがみついてきた。

そして、宏一朗の唇に唇を重ねて、猛烈に吸い、舌をからめてくる。その間も、結合部分は微妙に動いている。

こうなると、仁美にイッてもらいたい。仁美には何度も気を遣ってほしい。昇りつめてほしい。

宏一朗は背中と腰をつかみ寄せて、下から突きあげてやる。

ぐいぐいぐいっと連続して叩き込むと、屹立が斜め上方に向かって、体内を犯していき、

「ぁあああ……許して」

仁美は顔をあげて、訴えてくる。

「言ったでしょ、許しませんよ。あなたが山村玲奈の代わりに部長になるまで、あなたを許しませんよ。びしびし鍛えるから」

宏一朗は心のなかにおさめてあったことを告げた。

「はい……びしびし鍛えてください。わたし、頑張って部長になります」

「そうだ。その心意気だ。そうら……」

宏一朗ももう発射寸前まで追い込まれていた。

普通なら、こんなに早くは射精しない。だが、今夜は特別だった。

今夜は二人の記念日と言っていい。

「ぁあああ、仁美さん……仁美……ぁあああ、おうぅぅ……俺も、出す」

汗ばんだ裸身を抱き寄せながら、ラストスパートした。

つづけざまに打ち込むと、

「あんっ、んっ、あんっ……ぁあああ、イキそう。宏一朗さん、わたし、イッちゃう。いいの？　イクよ」

仁美がかわいいことを言う。

「いいですよ。イクんです。そうら」

最後の力を振り絞って、突きあげたとき、

「イキます……いやぁああああああぁぁぁぁぁ！」

仁美は耳元で部屋に響きわたるような歓喜の声をあげた。

「おおぅ、仁美……仁美！　出すぞ！」

腰をつかみ寄せて、駄目押しとばかりにもう一太刀浴びせたとき、宏一朗も至福に押しあげられた。

こういうのを目眩《めくるめ》く快感と言うのだろう。

瞑《つむ》った瞳のなかで閃光が散り、宏一朗は下腹部の熱い陶酔感のなか、最愛の女と一体化することの悦びにひたっていた。


（了）

※本作品はフィクションです。
作品内の人名、地名、団体名等は
実在のものとは関係ありません。

長編小説
ふしだら年《とし》下《した》女《おんな》上《じょう》司《し》
霧《きり》原《はら》一《かず》輝《き》
2022年8月29日　初版第一刷発行

ブックデザイン……………………… 橋元浩明(sowhat.Inc.)

発行人……………………………………………後藤明信
発行所……………………………………株式会社竹書房
〒102-0075　東京都千代田区三番町8－1
三番町東急ビル6F
email：info@takeshobo.co.jp
http://www.takeshobo.co.jp
印刷・製本………………………… 中央精版印刷株式会社